Lisa Radtke-Oberwandling

Chakra Blue

Zwischen Schatten und Licht

Covergestaltung: Renee Rott – DreamDesign
Lektorat: Sandra Florean
Verlag: BoD · Books on Demand GmbH,
In de Tarpen 42, 22848 Norderstedt,
bod@bod.de
Druck: Libri Plureos GmbH,
Friedensallee 273, 22763 Hamburg
ISBN: 978-3-7534-9038-0

Du leuchtest
in Liebe – Das Licht in Dir

Kapitel 1

»Kannst du wieder nicht schlafen?«

Mit angestrengtem Blick zog ich den Pinsel über die Leinwand. Es durfte kein Detail fehlen und mir war bewusst, dass auch keins verloren gehen konnte. So sehr hatte sich der Anblick in mein Gedächtnis gebohrt.

Ich konnte förmlich die Seeluft noch auf meinen Lippen schmecken und das Prickeln auf den Wangen fühlen, in die der Wind und der umherfliegende Strandsand biss. Wie ich mich gegen den Wind stemmte, damit er mich nicht davon blies, und dabei meine Gedanken durcheinanderwirbelten.

Sollte ich zu ihr gehen?

Auch wenn in mir ein klares Ja aufstieg, traute ich mich nicht. Aus Angst. Aus Mutlosigkeit. Aus Scheu. Was, wenn sie mich verurteilen würde? Mein Verstand glaubte nicht daran, dass sie mein Verschwinden gutheißen würde. Also versteckte ich mich im Schutz der Strandkörbe, die bald ins Winterquartier kommen sollten.

All das bannte ich auf eine Leinwand, fast so groß wie ich, mit all meiner Hingabe und meinem Handwerk, welches ich mir über die Jahre hinweg angeeignet hatte.

»Nein«, antwortete ich, ohne meinen Blick von meiner Arbeit abzuwenden. Ich war nicht gesprächig, es war mitten in der Nacht und ich wollte mit mir allein sein.

Allein in meinem kleinen Atelier. Zwei Stehlampen spendeten mir Licht, während draußen die Regentropfen gegen das Fenster prasselten. Die Musik der Natur, die mir so oft schon Inspiration schenkte. Der Himmel weinte die Tränen, die ich immer wieder vergoss. Meine Entscheidung konnte ich nicht mehr rückgängig machen, aber mit jedem Tag hatte ich sie mehr bereut. Doch heute war ich leer. Jeder Pinselstrich, der nun eine Silhouette skizzierte, befreite mich.

»Es ist immer noch wegen ihr, oder?«

Ich tauchte den Pinsel in den verschmierten Farbeimer neben mir und streifte die überschüssige Farbe ab. »Ja.«

»Du möchtest dich noch nicht öffnen, habe ich recht?«

Schritte näherten sich. Langsam und zaghaft.

Ich war nicht bereit und schüttelte nur den Kopf. Meine Haare fielen mir ins Gesicht. Schnaufend pustete ich sie beiseite und kramte in der Hosentasche nach einem Haarband. »Cara, ich möchte jetzt einfach für mich sein.«

»Du weißt, dass ich immer ein offenes Ohr für dich habe. Wenn du mich brauchst, ich bin da.«

Mein Körper zuckte zusammen, als ihre Hand mir über den Rücken strich und wenige Augenblicke später die Tür ins Schloss fiel.

Ein offenes Ohr hatten viele für mich, doch leider fühlten sich nur wenige in mich hinein. Da waren so viel Schmerz und Zweifel in mir. Ich kritisierte mich, auch jetzt, ob der Pinselstrich genau der Richtige war. Ob dieser Moment wirklich geschah. Ich erwischte mich sogar dabei, wie sich immer mehr negative

Gedanken in meinen Kopf schlichen und ich ihnen Beachtung schenkte. Beachtung, die sie nicht verdienten. Mein Fokus war weg. Sie war weg, weil ich es vorzog zu verschwinden.

Ich hatte eine Verbindung gekappt, die ich brauchte, um mich neu zu finden und zu entdecken. Ich schlug dem Schicksal die Chance aus der Hand, die sie mir reichte. Das Schicksal verteilte aber nur selten solche Möglichkeiten und so versteckte ich mich in der Dunkelheit in mir.

Bis zu jenem Nachmittag, als ich sie am Strand sah. Das war das viel gerühmte Licht am Ende des Tunnels. Doch das Licht blendete mich, so sehr war ich schon die Dunkelheit gewöhnt.

»Jetzt reiß dich zusammen, Marsha!«, raunte ich mir zu und drückte meinen Rücken durch. Etwas leitete mich und dafür sollte ich wohl diese Dunkelheit durchschreiten. Ich war bereits geübt darin.

In meiner Kindheit war ich der Sonderling. Nicht nur optisch. Eiskönigin nannten sie mich. Das Mädchen mit den silbernen Haaren und den kalten Augen, das auf jedem

Klassenfoto sofort heraustach. Das Mädchen, das wenig sprach und lieber für sich war.

Ich dachte anders, war an anderen Dingen interessiert und passte mich nur deshalb an, um mir selbst ein Gefühl von Zugehörigkeit zu geben. Ja, ich fing sogar an, mich wie sie zu kleiden.

Meine Eltern sorgten sich ständig um mich. Sogar heute noch. Dabei war ich nur eine Frau mit Albinismus. Meine Haut war blass, da mein Körper kaum Melanin produzierte. Bis auf die Lichtempfindlichkeit fehlte mir nichts. Ich war quickfidel, liebte es, draußen zu spielen, doch durfte ich so oft nicht. Meine Eltern sind sehr vorsichtig, schenken mir aber trotzdem unendlich viel Liebe. Ich übernahm ihre Vorsicht und versteckte meinen Körper vor neugierigen Blicken und Gaffern, die mich seit meiner Kindheit begleiteten.

Mit der Zeit begriff ich, dass ich mich nicht anpassen musste, denn irgendwo in dieser großen weiten Welt gab es Menschen, die mich so nahmen, wie ich war. Die mich auch mit geschlossenen Augen sehen konnten.

Jemand wie Cara, die mir gerade helfen wollte, obwohl ich es nicht schaffte, mich zu öffnen. Es gab auf einer nicht sichtbaren Ebene zu viele Narben, die mich daran erinnerten, was passieren konnte, wenn ich es doch tat. Dabei vergaß ich, dass eine alte Erfahrung nie den Zustand vom Hier und Jetzt widerspiegelte.

Sondern nur Vergangenes.

Kapitel 2

2 Monate nach der Begegnung mit Marsha

Es war früh am Morgen, als ich meine Wohnung aufräumte. Nach einer ganzen Weile hatte ich mir Zeit genommen, um meinen besten Freund zum Frühstück einzuladen. Nun huschte ich wie ein aufgescheuchtes Huhn durch die Wohnung und versuchte, Ordnung in mein Chaos zu bringen.

Seitdem Marsha einfach verschwand, konnte ich kaum noch klardenken. Immer wieder sausten ihre Fragen durch meinen Kopf, wo ich sie bis ins kleinste Detail auseinandernahm. Dennoch war ich genauso schlau wie vorher. Wer ich wirklich war, was ich tun würde, wenn wirklich alles möglich wäre… alles. Jede Frage, die sie mir so leicht zuspielte, hatte Spuren in mir hinterlassen. Mein Verstand hatte seine Freude daran und plagte mich dann mit Kopfschmerzen, die sich wie Hammerschläge auf die Schädeldecke anfühlten. Als würde ein Schmied in meinem Kopf arbeiten und sinnbildlich mein neues Schwert mit jedem Schlag in Form bringen.

Marsha hatte ich nicht mehr gesehen, auch wenn ich immer wieder mein Glück versuchte und zum Strand, als auch zur Steilküste fuhr, um dann jedes Mal aufs Neue enttäuscht zurück zu meinem Auto zu traben. Manchmal verbrachte ich an den Orten Stunden, doch sie kam nicht. Es kam mir bereits so vor, als sollte sie nur eine kleine Weile in meinem Leben sein. Aber das wollte ich einfach nicht glauben. Da war etwas in mir, was das nicht glauben konnte.

Ich ließ mich kurz vor acht Uhr auf mein Sofa fallen und starrte auf den Zettel auf meinem Glastisch. Marshas Zettel, den ich nicht wegwerfen konnte und es auch nicht wollte. Das war ihr Fußabdruck in meinem Leben, der dort symbolisch auf meinem Tisch lag. Ich hatte ihn so oft gelesen, dass ich jeden Schwung in ihrer Schrift nachvollziehen konnte, sie vielleicht sogar schon imitieren konnte, doch das brachte mir nichts. Es brachte mir Marsha nicht zurück. Vor meinem inneren Auge konnte ich sehen, wie ihre Hand den Stift führte. Leicht und unbeschwert. Künstlerisch und frei.

In mir stieg ein Gefühl der Wut auf, dass sie einfach gegangen war. Meine Vermutungen, dass sie sich womöglich über mich belustigte, was für eine trostlose Frau ich doch war, die ihr Leben nicht in die Schiene bekam, hatte ich bereits verworfen.

Je mehr ich alles Revue passieren ließ, umso unsinniger wurde der Gedanke. Woher diese Erkenntnis kam? Das sagte mir mein Gefühl. Und ich war stolz darauf, dass ich dieses Gefühl wahrnahm und es nicht - wie sonst immer - ausblendete. Nicht jeder Mensch kam in ein fremdes Leben, um Chaos anzurichten. Es gab auch welche, die zwar hart mit dir waren, es aber zu jedem

Zeitpunkt gut mit dir meinten. Und genau diese Menschen kamen so unverhofft, dass du keine Zeit hattest, dich darauf vorzubereiten.

Kapitel 3

Die Klingel ließ mich hochschrecken, indem sie laut losschrillte. Ich schüttelte energisch den Kopf, damit meine Gedanken verschwanden und ich mich auf das freuen konnte, was kommen sollte. Das Frühstück mit Erik. Mit einem Grinsen auf den Lippen nahm ich den Hörer der Gegensprechanlage ab.

»Mach auf, ich habe Hunger!«, rief mir eine brummende Stimme aus der Hörmuschel entgegen.

Lächelnd schüttelte ich den Kopf, drückte auf den Knopf, woraufhin ich das Surren des Türöffners im Hörer wahrnahm und ihn wieder auf die Vorrichtung legte.

»Das wird wieder ein Spaß, ich ahne es«, murmelte ich mir zu und öffnete die Tür.

Wenig später stand ein großgewachsener Mann mit Irokesenschnitt und Drei-Tage-Bart vor mir und lächelte mich mit seinen Teddyaugen an.

»Los, los, los! Hast du schon den Tisch gedeckt? Die Brötchen duften so gut, ich bin schon halb am Verhungern!«, lachte er und umarmte mich, wobei seine borstige Wange an meiner kratzte.

Kaum hatte er die Umarmung aufgelöst, schob er sich an mir vorbei und legte die Tüte mit den Brötchen auf den Tisch ab, den ich bereits hergerichtet hatte.

Mit einem verlegenen Grinsen schloss ich die Tür und folgte Erik, der vor sich hin summte und seine Jacke ablegte. Wo Erik war, war die gute Laune nicht weit entfernt.

»Wie komme ich eigentlich dazu, dass du viel beschäftigter Mensch mich einfachen Arbeiter zum Frühstück einlädst?«, fragte er, als ich ins Wohnzimmer trat und nach der Kaffeekanne griff.

Eine bessere Frage hätte er nicht stellen können, denn selbst ich wusste nicht, warum. In mir keimte die Sehnsucht nach Gesellschaft auf, nachdem ich aufgehört hatte, mich Hals über Kopf in die Arbeit zu stürzen, sondern stattdessen meine Zeit mit den Menschen verbringen wollte, die immer da waren, wenn ich in einer Misere steckte. Vielleicht wollte ich aber auch nur einfach eine gute Zeit haben.

»Ich hatte Sehnsucht nach dir«, gestand ich leise, nahm seine Tasse und befüllte sie.

»Hast du Probleme?«, fragte Erik.

Ich war mir nicht sicher, meine Firma kam immer noch nur langsam voran, aber ich hatte es schon geschafft, mich von den Kunden zu trennen, die mit mir umsprangen, als wäre ich weniger wert. Und das war schon eine Überwindung gewesen, da es leider die Aufträge gewesen waren, die mein Konto wieder in den grünen Bereich gehoben hätten.

»Leyla, die Antwort dauert zu lange.« Erik nahm sein Messer und fischte raschelnd ein Brötchen aus der Tüte.

Seufzend setzte ich mich und griff ebenfalls in die Brötchentüte. »Na ja, es geht bergauf. Es hat sich einiges geändert, weißt du.«

Kurz huschte mein Blick zu ihm, und es wunderte mich nicht, dass ich Sorgenfalten auf seiner Stirn entdeckte. Er machte sich oft

Gedanken um mich und die Firma, sagte aber meist nichts. Ich wusste, dass er mir immer nur das Beste wünschte, auch wenn er an eine Idee nicht wirklich glaubte.

»Lass uns doch einfach über dich sprechen«, wich ich aus.

Es konnte ja nicht ständig um mich gehen. Oder? Durfte man oft und häufig von sich erzählen, ohne dabei egoistisch oder arrogant zu wirken? Oder drückte uns das die Gesellschaft auf?

Marsha wüsste sofort eine Antwort darauf, ging es mir durch den Kopf, woraufhin mir ein tiefer Seufzer entwich.

»Bei mir ist alles im Lot, ich arbeite und bin glücklicher Single«, erzählte Erik, griff grinsend zum Nutella-Glas und schraubte es auf.

»Du hast immer noch keine Freundin?«

»Du willst ja nicht«, gab er zurück und zwinkerte mir neckisch zu.

Ich verdrehte die Augen.

»Jedes Mal die gleiche Leier, als wäre ich die einzige Frau auf diesem Planeten«, murmelte ich und nippte an meinem Kaffee.

So plump seine Anmachen auch waren, er hatte so viel Charme, den er über seine Teddyaugen ausstrahlte, dass ich ihm es nicht übelnahm. Außerdem hörte ich es nicht zum ersten Mal, wir hatten daraus schon einen Running-Gag gemacht, obwohl wir wussten, dass einige es missverstanden.

So wurde Erik als schwul tituliert, obwohl er es nicht war, und ich war die hoffnungslose Single-Frau, die zu wählerisch war.

Mich nervte das Schubladendenken. Und wenn man in keine Lade passte, war man sowieso ein Irrlicht auf der Erde, das dann verrückt oder obszön genannt wurde. Manchmal kam es mir so vor, als wäre es nicht okay, dass man die Dinge anders sah, da so vielleicht etwas aufgedeckt werden könnte, was den Menschen nicht gefiel. Quasi die Schattenseiten des Lebens, die sie versteckt hielten. Denn so weit war ich schon gekommen, zu erkennen, dass jeder Mensch etwas von sich zurückhielt, was eigentlich gelebt werden sollte.

Eine Weile tauschten wir uns über die neuesten Geschehnisse aus. Ich erzählte von der Firma, während Erik mir aufmerksam lauschte, die eine oder andere Frage stellte, bis sein Blick durch die Wohnung huschte und Marshas Zettel seine Aufmerksamkeit erregte.

»Was haben wir denn da?«, fragte er, nahm das Stück Papier in die Hand und las es laut vor. Was das mit mir machte, wusste er nicht: Jedes Wort tat mir im Herzen weh, woraufhin ich mir eine Brötchenhälfte in den Mund stopfte, um irgendwie das zu kompensieren, was gerade in mir los war: Trauer. Enttäuschung. Ein Hauch von Einsamkeit.

»Wer ist Marsha?«, fragte Erik dann und legte den Zettel achtlos auf den Tisch, um sich dann wieder zu mir an den Esstisch zu setzen.

Sein Blick durchbohrte mich förmlich. Und Marshas Worte bohrten in den Wunden. Kurzum: Alles durchbohrte mich. Ich konnte fühlen, wie ich immer dünnhäutiger wurde, und senkte den Blick. Wie sollte ich zusammenfassen, was eine Frau, die einen Tag in meinem Leben war, ausgelöst hatte?

»Ich habe sie am Strand kennengelernt und wir haben uns sehr intensiv unterhalten«, erklärte ich zögernd.

Erik beugte sich zu mir herüber. »Weiter?«, forderte er mit einem schiefen Lächeln.

»Nichts weiter«, murmelte ich und strich mir durch die Haare.

Sofort deutete Erik mit dem Zeigefinger auf mich und verengte die Augen zu Schlitzen. »Die Geste kenne ich zu gut, raus mit der Sprache!«

Ich nahm einen tiefen Atemzug. Sollte ich ihm wirklich alles erzählen, oder würde er mich dann als vollkommen übergeschnappt bezeichnen? Hielt sowas eine Freundschaft aus? Ein Gedanke streifte mich: Das kannst du jetzt herausfinden.

Kapitel 4

Also berichtete ich ihm von Marsha. Ich erzählte vom Baden, dem Strand, den Gesprächen. Meine Tränen, ihre Tränen und dem Gefühl, dass wir auf einer Ebene verbunden waren, die ich nicht in Worte fassen konnte.

»Dann war sie weg und der Zettel lag auf meinem Tisch«, beendete ich meine Erzählung und ließ meinen Finger um den Rand meiner Kaffeetasse kreisen. Ich war so in den Gedanken an der Frau mit den silbernen Haaren und blassgrünen Augen verloren, dass ich alles um mich herum vergaß. Als würde ich noch einmal den Tag durchleben und sie wäre hier.

Zwischendurch glaubte ich sogar, ihren Duft wahrnehmen zu können, doch das musste ich mir eingebildet haben.

Stille legte sich über meinen besten Freund und mich. Keine von der angenehmen Art, eher jene, die uns erdrückte, da so viele Erwartungen in der Luft lagen. Die Erwartung nach Verständnis und Offenheit. Für Marsha und mich.

Ich hatte den Blick weiterhin auf meine Tasse gesenkt, als Erik lauthals anfing zu lachen. Ein Lachen, das den ganzen Raum füllte und in ihm widerhallte.

»Leyla, auf was für eine Schreckschraube bist du da gestoßen?«

Mit großen Augen sah ich ihn an und umklammerte meine Tasse mit beiden Händen. »Wie bitte?«, fragte ich. Nicht, weil ich ihn nicht verstanden hatte, sondern, um ihm die Chance zu geben, seine Aussage zu überdenken.

Erik wiederholte seine Frage und ich wusste nicht wie ich reagieren sollte. Wütend? Enttäuscht? Aufgebracht? Ich nahm einen tiefen Atemzug und schloss die Augen.

Meine Erwartung an meinen besten Freund wurde mit einem Schlag zunichtegemacht. Dabei war es für mich fraglich, wieso ich überhaupt eine Erwartung an ihn hatte. Hatte ich ein vorgefertigtes Bild von ihm im Kopf, dass ich so dachte? War es das, was ich von ihm sehen wollte oder war er wirklich so?

Was mache ich denn jetzt?, fragte ich mich innerlich. Mein Herz klopfte so schnell, dass ich ein Rauschen in den Ohren wahrnahm.

»Nur, weil sie nicht so wie der klassische Mainstream ist, ist sie keine Schreckschraube.«

Vielleicht machen wir genau das, was andere bei uns machen, quasi ein Resonanzfeld. Es hieß ja nicht ohne Grund, wie es in den Wald hineinschallt, so schallt es auch heraus. Du erntest, was du säst und wenn ein Mensch andere als merkwürdig oder Schreckschraube tituliert, dann bekommt er genau das vorgesetzt. Das ist das Wasser, was eine Pflanze wachsen lässt, die man selbst gar nicht will.

»Ist ja auch so. Glaubst du etwa, was sie dir da erzählt hat?«, kommentierte Erik.

»Ja! Jede einzelne Silbe!«, platzte es aus mir heraus.

Erik schaute mich mit großen Augen an und lehnte sich zurück. Dann verschränkte er die Arme vor der Brust und musterte mich mit einer hochgezogenen Augenbraue. »Du bist wirklich naiv, Leyla. Dumm und naiv. Da kommt eine Frau dahergelaufen, schiebt eine große Szene und du hast nichts Besseres zu tun, als das alles als bare Münze zu nehmen, statt das Ganze einmal zu hinterfragen. Ich muss gestehen, ich bin gerade echt enttäuscht von dir.«

Es traf mich wie ein Stich ins Herz, dass mein bester Freund so hart mit mir ins Gericht ging. Das war das erste Mal, dass er mir so unverblümt seine Meinung um die Ohren schlug und dabei keine Rücksicht auf meine Gefühle nahm.

Mein Körper reagierte und machte sich immer kleiner auf dem Stuhl. Vielleicht hatte er ja recht und ich hatte mich um den Finger wickeln lassen?

Nein!, rief etwas in mir. *Das ist nicht wahr.* Mutig suchte ich Eriks Blick. Warum machte ich mich überhaupt klein, nur, weil er eine andere Meinung hatte als ich? Damit verlor ich ja nicht an Wert. Im Gegenteil.

»Ich respektiere deine Meinung«, sagte ich und war stolz auf mich, wie ruhig meine

Stimme klang, »nur du hast kein Recht, über mich zu urteilen, noch über Marsha. Du kennst sie nicht.«

»Du aber schon?«, gab er sarkastisch zurück.

»Ich kenne sie so gut, dass ich schon einschätzen kann, ob sie mir einen Bären aufbindet oder nicht«, knurrte ich.

Das darf doch nicht wahr sein, er spielt sich hier wie mein Vater auf! In mir stiegen alte Bilder auf, wie mein Vater mich als kleines Kind immer wieder ermahnte und mit erhobenem Zeigefinger vor mir stand.

»Ich traue dir viel zu, Leyla, nur bei der Menschenkenntnis bin ich mir noch nicht so sicher«, erwiderte Erik.

Er benahm sich wie das Oberhaupt meiner Familie. Genau wie mein Vater, der mir so vieles nicht zugestand, schon gar nicht, dass ich auf eigenen Beinen stehen konnte. Immer redete er davon, dass ich nicht fähig war, allein zu leben.

Ein Gefühl von Missmut machte sich in mir breit, das eine alte Wunde aufriss.

Erinnerungen an das eiskalte Verhältnis zwischen Papa und mir und unser letztes

Treffen kamen mir in den Sinn. Es war so schnell eskaliert, dass ich wutentbrannt das Café verlassen und mich seitdem nicht mehr bei ihm gemeldet hatte.

Nun mimt mein bester Freund den Menschen, ohne den ich nicht auf der Welt wäre.

»Leyla, ich meine es nicht böse, nur… du kannst nicht alles glauben, was dir erzählt wird.«

»Was ist daran falsch, wenn Menschen anders denken als andere?«, gab ich kleinlaut zurück.

Erik wurde still und senkte nachdenklich den Blick.

Meine Chance, Marsha zu verteidigen. »Schau, wenn wir keine um die Ecke denkenden Menschen auf dieser Welt hätten, die einfach alles infrage stellen, was auf der Erde ist, dann wären wir echt arm dran. Dann wären wir nur wie Roboter, die einfach nur nach dem Modell arbeiten, auf dem sie programmiert wurden. Völlig fern von dem, was Menschsein ist.«

Ein Staunen machte sich in mir breit. Woher kam diese Weisheit, die da gerade aus mir herausgesprudelt war? War sie schon immer da gewesen?

Oder lag es an all dem, was ich von Marsha gelernt hatte?

Erik hob langsam seinen Blick und griff nach seiner Kaffeetasse. Dann stieß er einen Seufzer aus, der mir schon andeutete, was als nächstes kam.

»Da hast du schon recht, aber wir können nicht einfach mal die ganze Welt umwerfen, nur, weil eine Person es so besser findet«, argumentierte er dann.

Ich stützte nachdenklich das Kinn auf meine Hände. Das würde noch eine sehr zähe Diskussion werden, wenn er nicht endlich einlenken würde. Zugegeben, ich kannte es schon, doch ich wünschte mir, dass er mich verstand. Und für mich deutete momentan alles darauf hin, dass er mich nicht verstehen wollte. Dass er seine Meinung hatte und sie bis auf das Letzte verteidigen würde. *Er ist da eigentlich genau wie ich*, dachte ich und suchte seinen Blick.

Kapitel 5

Wir beide wollten Recht behalten, forderten eine Zustimmung, dass das, was wir dachten, das einzig Richtige war. Doch wer wusste schon, was richtig und falsch war? Was wäre, wenn wir beide recht hätten? Oder wir beide falsch lägen?

Gab es überhaupt die eine, die einzig wahre Wahrheit?

Du hast aber recht!, stachelte mich mein Verstand weiter auf.

»Wie wäre es, wenn wir es einfach dabei belassen?«, knurrte ich.

»Meinetwegen, ich bleibe bei meiner Meinung und halte dich trotzdem für naiv«, schoss er nach und verpasste mir so einen weiteren Stich ins Herz.

Mein Atem beschleunigte sich immer mehr, in meiner Kehle wurde die heruntergeschluckte Wut immer größer, so dass der Kloß schon spürbar war.

»Findest du es okay, mich so zu verurteilen?«, fragte ich, als ich mir nicht mehr anders zu helfen wusste, und die Wut aus mir herauswollte.

Mit hochgezogenen Augenbrauen schaute Erik mich an. »Wo verurteile ich dich? Es ist meine Meinung.«

»Du hast gerade nichts Besseres zu tun, als mir ständig mit dem Hammer auf den Kopf zu schlagen!«, giftete ich weiter.

Ich nahm einen tiefen Atemzug und versuchte, mich wieder zu fangen. Meine Gefühle gingen mit mir durch und ich wollte mich beherrschen, da mir diese Freundschaft wichtig war. Erik war mir wichtig, der mich schweigend und mit Argusaugen beobachtete.

Erik sitzt vor mir, nicht mein Vater, dachte ich und versuchte so, das falsche Bild aus meinem Kopf zu verbannen.

»Okay, das nimmst du so wahr. Ich sehe es als einfache Kritik an deinem Handeln. Entweder nimmst du sie an oder du lässt es«, sagte er wohlwollend.

Anschließend saßen wir wieder in der erdrückenden Stille. Mein Verstand tobte und suchte nach Angriffspunkten, um ihm genauso viel Schmerz zuzufügen, wie er mir zugefügt hatte. Doch war das wirklich die Lösung? Musste man wirklich Gleiches mit Gleichem heimzahlen? Oder sollte ich vielmehr prüfen, ob nicht ein Funken Wahrheit dran war an dem, was er gesagt hatte?

Der Rachegedanke gefiel mir nicht und sorgte zudem für ein unbehagliches Gefühl in der Magengegend.

Rachegelüste gab es meiner Meinung nach nur, um Menschen gegeneinander aufzustacheln und sie gegeneinander auszuspielen. Es gab Menschen, die nutzten die überkochenden Gefühle des einen, um einen anderen damit zu schaden. Dafür war sie gut, ansonsten brachte sie nur Unheil und noch mehr Missgunst.

Also überlegte ich, was ich aus der Situation lernen konnte.

»Ich glaube, ich werde jetzt gehen. Du kannst dich ja mal wieder melden. Danke für das Frühstück und deine Zeit.«

Erik erhob sich und nahm mich kurz in seine Arme, ehe er schweigend aus der Wohnungstür verschwand. Verdutzt schaute ich ihm nach, bis die Tür ins Schloss fiel.

Ich kannte seine Abgänge nur zu gut, doch es war mir neu, dass er es nun auch bei jahrelangen Freunden so machte. Oder gab es einfach nichts mehr dazu zu sagen? Oder waren wir einfach schon so weit voneinander entfernt, dass es nichts mehr gab, was uns verband?

Kapitel 6

Missmutig räumte ich den Tisch ab und verstaute alles im Kühlschrank und der Spüle.

Ich verstand ihn gerade wirklich nicht und konnte es mir nicht erklären. Mein Handy klingelte auf dem Wohnzimmertisch und befreite mich aus meinen Gedanken. Im wahrsten Sinne wurde ich von der Klingel gerettet. Saved by the bell.

»Hallo?«, meldete ich mich, ohne darauf zu achten, wer mich überhaupt anrief.

»Hallo Leyla.«

Mein ganzer Körper versteifte sich, als ich die Stimme meiner Mutter hörte. Monatelang hatten wir keinen Kontakt gehabt und unser Verhältnis war eisig gewesen. So eisig, dass ich für einen Moment spüren konnte, wie mein Herz mit Eissplittern gefüllt wurde.

Es herrschte ein kurzes Schweigen, bis meine Mutter wieder sprach. »Ich möchte gleich auf den Punkt kommen.« Das sah ihr ähnlich, gleich mit der Tür ins Haus zu fallen. Sie war nicht der Typ Mensch, der lange fackelte, sondern eher jemand, der direkt drauf losstürmte, ohne Rücksicht auf Verluste.

»Dein Vater hat mich angerufen, dass ihr euch getroffen habt. Du bist also immer noch mit dieser Firma selbstständig?«, fragte sie. Ihre Ablehnung zu beidem hörte ich sofort heraus.

Mein Magen zog sich zusammen, ich ahnte, worauf es hinauslief.

»Ja, ich habe mich mit Papa getroffen und ja, ich habe immer noch meine Firma«, antwortete ich bestimmt. *Ich werde mich nicht mehr klein machen*, dachte ich. *Ich bin alt genug, um zu meinen Entscheidungen zu stehen.*

Meine Beine stemmte ich etwas fester auf den Boden, um gerade und selbstbewusst zu stehen, auch wenn meine Mutter es nicht sah. Es gab mir das Gefühl, dass ich alles schaffen konnte.

»Und?«, hakte sie nach.

Mein Magen krampfte erneut, als hielte er einen Zorn zurück, den ich nicht mehr lange würde bändigen können.

»Was und?«, wollte ich knurrend wissen. Was genau wollte sie? Wenn sie schon mit der Tür ins Haus fiel, dann konnte sie mir doch auch konkrete Fragen stellen, oder?

»Wie war es?«

»Es war okay«, log ich. *Es war eine einzige verkrampfte Katastrophe*, korrigierte ich in Gedanken.

Wir verstanden uns nicht, es war ein erzwungenes Gespräch gewesen, das in weniger als fünfzehn Minuten eskalierte, woraufhin ich nur die alten Kamellen zu hören bekommen hatte. Was ich alles falsch gemacht hatte und so weiter. Mir war der Kragen geplatzt und ich hatte nicht anders gekonnt, als mir lauthals Luft zu machen, darüber, was er für ein fürchterlicher Vater war, der es nicht für nötig hielt, sein Kind einmal so zu unterstützen, wie es eine Tochter verdiente. Mit Liebe und Unterstützung, die nicht nur den finanziellen Bereich betraf. Dann hatte ich das Café verlassen, gefolgt von den neugierigen Blicken der Gäste und deren Tuscheln.

»Okay? Bist du dir sicher?« Der Ton meiner Mutter wurde immer durchdringender.

»Wenn du es sowieso schon weißt, warum fragst du dann noch?«, brummte ich mit einem genervten Unterton.

»Weil ich deine Sicht hören möchte«, antwortete sie zu meiner Überraschung sehr wohlwollend.

Ich hob die Augenbrauen und lehnte mich erstaunt an den Esstisch, wo noch meine halbgefüllte Kaffeetasse stand. Geistesabwesend nahm ich einen Schluck. Da ging doch etwas nicht mit rechten Dingen zu.

Kapitel 7

Ich erzählte ihr von dem Gespräch und wie ich es wahrgenommen hatte. Von meiner Verspätung, die mein Vater mir immer wieder vorhielt und zum Anlass nahm, mir weitere alte Geschichten auszupacken. Und von meinem oscarreifen Abgang in Hollywoodmanier.

Meine Mutter überraschte mich, denn sie hörte mir aufmerksam zu und unterbrach mich nicht. Ab und zu kam ein zustimmendes Geräusch von ihr oder ein Raunen.

»Also habt ihr euch beide wieder völlig missverstanden«, schlussfolgerte sie, als ich fertig war.

Ich ließ ihre Worte in mir nachklingen. »Meinst du, dass wir uns missverstanden haben? Ich glaube eher, dass er überhaupt kein Interesse an mir hat.«

In mir klangen ihre Worte eher nach dem, was wirklich zwischen Papa und mir war. Ein riesiges Missverständnis und ein aneinander vorbei Gerede. *Wir waren nicht auf einer Ebene und schon gar nicht in der gleichen Zeit.* Während mein Vater noch irgendwo in der Vergangenheit feststeckte, war ich bereits in der Gegenwart und hatte das Alte hinter mir gelassen.

Während mein Vater auf meinen Fehlentscheidungen der Vergangenheit herumritt, versuchte ich, ihn in die Gegenwart zu holen, die er vehement ablehnte. Ich hatte keine Ahnung, was es ihm brachte, doch er war nicht der einzige Mensch auf dieser Welt, der immer noch an die Wellen von gestern dachte, wenn heute schon ganz andere Wellen auf dem Weg zur Küste waren. Schöner. Liebevoller. Sanfter. Was bewegte Menschen dazu, nicht das zu genießen, was sie jetzt, in diesem Moment hatten?

»Er liebt dich, Leyla. Er ist dein Vater und ja, er kann seine Gefühle nicht zeigen, das war schon immer so. Doch tief in seinem Herzen hat er immer einen Platz für dich, den er um keinen Preis hergeben wird«, hörte ich meine Mutter sagen.

In dem Moment sickerte mir eine kleine Träne aus dem Augenwinkel über die Wange. Hatte ich es in meiner Wut und Frustration einfach nicht sehen wollen, dass ich ihm wichtig war? Was hatte ich ihm nach dem Gespräch verurteilt und gewettert, womit ich so einen Vater verdient hatte und machte mir dabei nicht einmal die Mühe, alles aus seiner Sicht zu sehen!

»Mama, ich habe Angst«, flüsterte ich heiser.

»Wovor hast du Angst, wenn du schon so viel Mut in deinem Leben bewiesen hast?«

»Ich habe Angst, dass ich es mir mit ihm völlig verscherzt habe«, antwortete ich, während meine Tränen immer mehr wurden und der Kloß im Hals stetig größer wurde.

Mama lachte leise. »Das glaube ich nicht.«

»Hast du mit ihm geredet?«

Wieder lachte meine Mutter, dieses Mal lauter. »Ich rede nicht mehr mit ihm. Ich war sowieso sehr verwundert, warum er ausgerechnet mich angerufen hat. Vielleicht war er betrunken, was mich ebenfalls wundern würde.«

Selbst ich konnte mir nicht vorstellen, dass mein Vater seinen Frust mit Alkohol herunterspülte. Dazu war er zu gefestigt in sich. Das Bild hatte er mir immer wieder vorgelebt, zusätzlich zu seinem belehrenden Ton.

Kapitel 8

Auf einmal sprach ich mit meiner Mutter, der ich mich emotional offenbaren wollte. Mein Herz gab es mir zu verstehen. In meinem Brustraum wurde es ganz leicht, während mein Herz immer ruhiger schlug.

»Ich glaube, du solltest nochmal mit ihm reden.«

Völlig perplex nahm ich kurz das Telefon vom Ohr und schaute auf das Display. Okay, ich telefonierte wirklich mit meiner Mutter. Dass die Frau, die mit meinem Vater einen Rosenkrieg der Extraklasse geführt hatte, sich nun um ihn sorgte, war mir neu. Blühte dort etwa noch einmal etwas auf, was die beiden einander näherbrachte? Oder baute ich meine Hoffnungen auf Sand?

»Seit wann sagst du sowas? Du und Papa seid völlig zerstritten.«

»Das heißt aber nicht, dass du mit ihm zerstritten sein musst. Mir ist mit den Jahren klar geworden, dass du beides brauchst: Vater und Mutter. Und wir haben es ja auch geschafft, miteinander zu reden, als er mich anrief.« Ich lauschte, wie sie tief durchatmete und dann fortfuhr. »Du bist das Ergebnis unserer Liebe, Leyla.«

Ich biss mir auf die Lippe, um nicht wieder meinen Tränen die Überhand gewinnen zu lassen. Ein Ergebnis der Liebe. Das war ich. Entstanden aus einer Liebe, die in dem Moment so tief war, dass daraus ein Leben entstanden war. Mein Leben, was sie mir bedingungslos geschenkt hatten.

»Woher kommen die ganzen neuen Einsichten?«, fragte ich aus dem Bauch heraus und wischte mir eine Träne aus dem Augenwinkel. Ich wollte nicht mehr weinen. Etwas Anderes in mir wollte weinen, etwas, das noch so zart und klein war. Die kleine Leyla in mir, das kleine Mädchen, das ich mal gewesen war und heute nicht mehr bin.

»Ich habe einen Menschen getroffen, mit dem ich ein sehr langes, intensives Gespräch hatte.«

»Würdest du mir diesen Menschen einmal vorstellen? Ich meine, das kommt so plötzlich.«

Meine Mutter lachte. Herzlich und authentisch, was sich neu anfühlte. Nicht mehr dieses gespielte, abgehackte Lachen, das ich kannte.

Als wäre sie neugeboren, ein neuer Mensch, ging es mir durch den Kopf.

»Wir haben uns lange nicht gehört und wenn du möchtest, kann ich das gerne tun. Du wirst sie mögen.«

»Sie?«, hakte ich nach.

»Ja, sie. Ich habe sie vor kurzem bei einem Vortrag kennengelernt. Sie ist eine Künstlerin, heute Abend hat sie eine Vernissage in deiner Stadt.«

Eifrig suchte ich Zettel und Stift und schrieb mir die Adresse auf, die mir meine Mutter diktierte.

Wir verabredeten uns in einer Bar in der Nähe, um gemeinsam die Ausstellung zu besuchen.

Nachdem wir aufgelegt hatten, schaltete ich klassische Musik ein, und sortierte meine Gedanken. Von der Mutter, die sie damals gewesen war und der, die sie eben am Telefon war, lagen Welten.

Mein Verstand raste und fand einen Grund nach dem anderen, warum sie so war, wie sie jetzt war. Vielleicht wollte sie mich wieder für ihre Machtspiele gegen meinen Vater nutzen? Nur was sollte ihr das bringen?

Ich war erwachsen, die beiden waren geschieden und somit gab es keinen Grund für sowas.

Grub ich dort in alten Sachen, die gar nicht mehr aktuell waren? Was in mir konnte die Vergangenheit nicht ruhen lassen, sodass ich immer neue Zweifel schürte, die ich bei wachem Verstand sofort entkräftigen konnte? Was bewegte mich also dazu?

Klammerte ich mich an ein altes Bild, vielleicht sogar mein Lieblingsbild oder das einzige Bild, was ich von einem Menschen hatte und konnte so nicht das sehen, was Realität ist? Durften sich Eltern überhaupt verändern?

Natürlich, antwortete etwas in mir wie aus der Pistole geschossen. Das leuchtete ein, denn Eltern waren ja auch nichts Anderes als ich: Menschen. Doch warum fiel es mir so schwer, die Veränderung meiner Mutter anzunehmen? Waren da zu viele negative Bilder von ihr in mir, sodass mein Verstand den neuen Anblick nicht wahrhaben wollte? Ich ließ mich auf das Sofa fallen und meine Beine über die Lehne baumeln.

»Ich kenne sie so einfach nicht«, sagte ich dann in den Raum hinein. Und genau das war der Haken. Sie war anders als die Erfahrung, die ich mit ihr erleben durfte und an die ich mich klammerte. Es verrückte ein Bild von ihr, was bereits existierte. Verblüffend, wie man einen Menschen anzweifeln wollte, nur, weil er nicht so war, wie man es gewohnt war.

»Verdammt«, schmunzelte ich dann schief grinsend, als mir klar wurde, dass ich Erik genauso verurteilt hatte, nur, weil er nicht so reagiert hatte, wie ich es mir gewünscht hatte.

Also schlussfolgerte ich, dass Menschen ein Schema hatten: Wenn jemand außerhalb der Normalität war, die sie von der Person kannten, zweifelte man, da es ein bereits erschaffenes Bild zerstörte. Was gab einem das Recht dazu, einen Menschen anzuzweifeln? Ich schämte mich und schloss die Augen. Das viele Denken machte müde. So müde, dass ich einnickte.

Kapitel 9

Gähnend wurde ich munter und rieb mir die Augen. Die Musik war verstummt und ich schaute träge auf mein Handydisplay, das mich blendete, sodass ich meine Augen zusammenkniff. Schlagartig war ich hellwach und rannte ins Bad.

»Scheiße!«, fluchte ich lauthals. Ich hatte nur noch dreißig Minuten, um mich fertig zu machen und in die Stadt zu fahren!

Wie hatte ich nur so lange schlafen können? Jemand musste an der Uhr gedreht haben. Es konnte nicht sein, dass ich vier Stunden durchgeschlafen hatte. Das passierte mir nur dann, wenn ich völlig ausgelaugt war und das war ich ganz gewiss nicht. Oder hatten mich die Gespräche mit Erik und meiner Mutter so angestrengt? Konnten Menschen einen so viel Energie kosten, dass man erst wieder zu Kräften kommen musste? Gab es sie wirklich, diese sogenannten Energievampire?

Ich hatte keine Zeit zum Grübeln, sondern schälte mich stattdessen eilig aus meinen Sachen und stieg unter die Dusche. Wenig später rieselte das eiskalte Wasser auf meinen Körper und brachte meinen Kreislauf in Schwung, sodass ich hastig Shampoo und Duschgel verteilte. Was für ein Stress! Ich hasste Stress, er machte Menschen krank. Aber gegen ihn war noch kein Kraut gewachsen.

Lüge.

Der Gedanke verging so schnell, wie er gekommen war. Meine Stimmung kippte. Von einer Sekunde auf die andere. Ich war schlagartig genervt; von mir selbst ebenso wie von meinen Gedanken, die sich zum x-ten Mal durch meinen Kopf schlichen.

Ich konnte mir aber gerade keinen Moment zum Innehalten nehmen, um den Stress loszuwerden. Wichtig war, dass ich pünktlich zum Treffen mit meiner Mutter kam.

»Da bist du ja!«, begrüßte mich eine ebenso große Frau wie ich mit leuchtenden Augen. Meine Mutter, die mich mit ihren schokoladenbraunen Augen anlächelte und mir freudig die Arme entgegenstreckte. Ich lächelte, legte meine kleine Tasche auf dem Tresen ab.

»Hallo Mama«, flüsterte ich ihr ins Ohr und drückte sie kurz an mich. Das reichte schon. Mehr Nähe wollte ich nicht.

Sie hingegen wollte mich gar nicht mehr loslassen und drückte mich erneut an sich. Ihr blumiges Parfüm stieg mir in die Nase. Der Duft war mir schon seit der Kindheit vertraut. Etwas Altes blieb wohl immer, auch wenn meine Mutter insgesamt anders wirkte. Frischer. Echter. Liebevoller.

Sie löste sich von mir und legte ihre Hände auf meine nackten Schultern. Ihr Blick ruhte auf mein Gesicht. Ich war erstaunt, wie sie lächelte. So herzlich und nicht mehr so zwielichtig, wie ich es noch in Erinnerung hatte. Ihre Augen leuchteten, wie ich es schon jahrelang nicht mehr gesehen hatte. Dann musterte sie mich lächelnd von oben bis unten.

»Den guten Geschmack hast du von mir. Dein Kleid ist ein Traum.«

»Mama, es ist nur ein schlichtes Cocktailkleid und auch das einzige Kleid, was ich besitze«, wich ich schnell aus. Ihr zuliebe hatte ich es angezogen, nicht für mich. Denn ich wollte ihr gefallen.

Muss ich das überhaupt?, blitzte es kurz durch meine Gedanken.

Sie winkte ab. »Du hast die Figur dafür. Und damit kannst du vielleicht den einen oder anderen Mann…«

»Danke, nein«, blockte ich instinktiv ab.

Etwas betreten setzten wir uns und meine Mutter sah sich nach dem Barkeeper um. Sobald sie ihn entdeckt hatte, winkte sie ihn energisch heran und bestellte zwei Hugo.

Sie wusste von meiner Ex-Partnerin, wenn man sie überhaupt so nennen konnte. Es war kompliziert gewesen, da ich selbst nicht gewusst hatte, zu welchem Geschlecht ich mich hingezogen fühlte oder nicht. Je mehr ich mich damit beschäftigte, umso klarer wurde mir, dass ich auf Menschen stand und mich bei Frauen wohler fühlte. Stimmiger.

Echter. Ich setzte mir kein Label auf, denn am Schluss war ich einfach ich. Meine sexuelle Orientierung war nur ein Bruchteil von dem, was mich ausmachte.

Dankend nahm ich das Glas entgegen, das mir der Kellner freundlich lächelnd reichte, und sah zu meiner Mutter hinüber, die das gleiche tat.

Wer bist du jetzt?, fragte ich, ohne dass es über meine Lippen kam. Sie würde bestimmt lachen, wenn ich ihr die Frage stellen würde, und so beließ ich es dabei, dass wir anstießen und an unseren Gläsern nippten.

Kapitel 10

Mein Blick wanderte durch das Lokal. Es war modern eingerichtet, dennoch urig, die Musik wechselte zwischen den 80ern und den aktuellen Charts und bot so jedem Geschmack etwas.

Ebenso gemischt war auch das Publikum: Von einer Herrenrunde mittleren Alters bis hin zu kichernden Freundinnen war alles dabei. Von schick bis leger. Und so unterschiedlich, wie die Menschen waren, so verbunden waren sie. Egal wie unterschiedlich sie waren, sie waren hier. Hier in genau diesem Moment, wo sie die Zeit miteinander verbrachten und es genossen zu sein.

Warum fiel es mir dann so schwer, einfach hier zu sein, mit ihr, meiner Mutter? Woran hielt ich fest, dass ich nicht so sein konnte, wie ich sein wollte?

Da war ein Bild von meiner Mutter in meinem Kopf, das nun immer mehr verrückte. Es gab noch kleine Übereinstimmungen, der rote Lippenstift, das Parfüm, ihren Dutt. Das blieb. Dennoch sprang das Bild aus dem Raster, da ich nur ihre alte Einstellung zum Leben kannte.

»Leyla, träumst du wieder?«

Schnell suchte ich den Blick meiner Mutter. Sie musterte mich fragend und ließ mich auch nicht aus den Augen, als sie sich einen Schluck Hugo in die Kehle goss. Ich räusperte mich und setzte meinen Fokus auf sie, denn dafür war ich hier und nicht, um mir fremde Menschen anzusehen und zu analysieren. *Interessant, wie schnell man den Fokus verlor…*

»Was ist denn los mit dir?«, hakte sie nach und stellte ihr Glas auf dem Tresen ab.

»Ich war nur kurz in Gedanken.«

»Möchtest du mir erzählen, wo deine Gedanken hingewandert sind?«

Ich haderte mit mir. Doch was hatte ich zu verlieren? »Ich habe mich gefragt, ob Menschen miteinander verbunden sind. Und warum du mir so fremd und anders vorkommst.«

Die Katze war aus dem Sack. Ich stellte mich darauf ein, dass sie mich nun belehren würde, wie sie es immer tat.

»Hm. Du stellst gute Fragen. So kenne ich dich nicht, dass du so offen bist.« Nachdenklich legte sie den Zeigefinger ans Kinn. Ihre Nägel harmonierten mit ihrem Lippenstift. Rot in Rot. »Ich glaube, dass es immer einen Grund gibt, warum ein Mensch deinen Weg kreuzt. Irgendwas ist dort oben und lässt uns so lernen.«

»Glaubst du, dass jeder Mensch dir nur eine einzige Sache lehren soll oder denkst du, dass ein Mensch immer wieder in dein Leben kommt, um dir zu helfen?«

»Würden wir sonst hier sein, wenn es nicht so wäre?«

Irritiert schüttelte ich den Kopf. »Was meinst du?«

Mein Körper wandte sich meiner Mutter zu, ganz ohne mein Zutun. Denn dort wollte gerade mein Fokus hin. Zu ihr.

Und so lauschte ich ihr, nicht nur mit meinen Ohren, sondern mit meinem Herzen.

Sie erklärte mir, dass sie bereits geahnt hatte, dass wir uns treffen würden. Quasi eine Vorahnung. Und sie erzählte mir auch, dass sich in der Zeit, in der wir nur telefonisch Kontakt hatten, viel bei ihr verändert hatte.

Ihre Augen leuchteten, als sie von einem Kurs erzählte, der ihr zwar viel abverlangte, ihr aber half, aus dem Groll über ihren Ex-Mann herauszukommen und den Blick mehr auf die schönen, positiven Dinge zu richten. Aus meiner Sicht war das für sie ein gigantischer Schritt, denn Mama war eine Meisterin der Selbstbeherrschung und in meiner Kindheit eher auf das Negative fokussiert. Gefühle waren oft ein Fremdwort, wichtig war eher, dass das Bild nach außen schön war und sie die Kontrolle über alle Situationen hatte.

In mir wurde es still. Die Bilder, die ich von meiner Mutter im Kopf hatte, zersprangen. Doch der Scherbenhaufen, der sich dadurch bildete, betrübte mich nicht. Ich verspürte eine Dankbarkeit, dass ich meine Mutter immer klarer sehen konnte. Ich sah sie nicht mehr mit meinen Augen, sondern mit meinem Herz. Die wahre Schönheit eines

Menschen war dort verborgen, wo nur dein Herz es sehen konnte.

»Hier mit dir zu stehen und einfach zu wissen, dass du da bist, ist ein Ausbruch aus meiner Komfortzone, Leyla«, erklärte sie abschließend und strich mir sanft über den Oberarm.

Zum ersten Mal hörte ich die Stimme meiner Mutter mit anderen Ohren. Ich hörte die Wärme und Liebe, die ich sonst immer ausgeblendet hatte. Ich konnte hören, dass jedes Wort der Wahrheit entsprach, dass ich ihr vertrauen konnte und sie kein Trugbild war. Dies verlangte Mut, wirklich hinzuschauen, genauso wie es sie wohl auch Mut kostete, aus ihrer Komfortzone auszubrechen. Wir beide standen nun da, an einem fremden Ufer, und konnten uns endlich so sehen, wie wir wirklich waren. Ohne eine vorher gebildete Meinung oder Urteil. Emotional nackt, indem wir unsere Verletzbarkeit präsentierten, ohne Angst haben zu müssen, dass jemand diese missbrauchte.

Kapitel 11

Wir leerten schweigend unsere Gläser und machten uns auf den Weg zur Ausstellung, die sich nur einige Straßen entfernt befand. Der Wind wehte nicht mehr so sanft wie im Sommer und ließ mich befürchten, dass meine Frisur völlig hinüber wäre, bis wir angekommen wären. Eines hatte ich bei dem kurzen Barbesuch mit meiner Mutter schon gelernt: Die Hülle war zweitrangig. Das sollte mich nicht zu einem ungepflegten Menschen machen, der nicht mehr auf sein Äußeres achtete, sondern eher zu einem, der einen zweiten Blick riskierte und hinter diese Hülle schaute und dort die Schätze entdeckte, die es zu entdecken galt.

Meine Mutter hatte sich bei mir untergehakt. Ihr Schurwollmantel roch nach ihrem Parfüm und wehte hinter uns her durch die Straßen, über die wir schlenderten. Treu und vertraut, wie eine alte Erinnerung. Während der Halbmond auf uns herabschien. Ich lächelte in mich hinein.

»Möchtest du mir verraten, was dich zum Lächeln bringt?«, fragte meine Mutter.
Einen Moment lang zögerte ich. Noch war es mir neu, jemanden an meinen Gedanken teilhaben zu lassen, doch es wurde mir immer klarer, dass es zu einer Beziehung dazugehörte.

»Es klingt vielleicht banal, aber dein Parfüm verfolgt uns. Wie die ganzen alten Erinnerungen, die an uns kleben. Das finde ich witzig, denn wir sind ja älter und oft messen wir Menschen an dem Alten, obwohl sie völlig anders sind.«

Abrupt blieb meine Mutter stehen und brachte mich ebenfalls dazu.

Sie legte den Kopf schief und der Anflug eines Lächelns erschien auf ihren Lippen. Ihre Augen funkelten, wobei etwas Kleines in mir zusammenzuckte, das ich aber schnell wieder beruhigen konnte. Das war ein anderes Funkeln, als ich es kannte. Oder eher: als ich es erfahren durfte. Das Funkeln, was mich als kleines Mädchen immer eingeschüchtert hatte. *Alles ist in Ordnung*, beruhigte ich mich und atmete tief durch. Ich musste nur ruhig bleiben und nicht alles aus meiner Vergangenheit hochholen, was heute keine Bedeutung mehr hatte.

»Natürlich sind wir anders. Wir gehen ja auch weiter. Immer weiter den Weg des Lebens entlang, der immer wieder eine kleine Überraschung oder Herausforderung für uns parat hat. Manche kleinen Dinge werden sich aber wohl nie ändern. Bei mir ist es das Parfüm. Was ist es bei dir?«

Sie hakte wieder ihren Arm bei mir ein und wir gingen weiter. Im Takt unserer Schritte suchte mein Verstand nach einer Antwort. Was an mir wird immer gleich sein und sich nicht ändern?

Waren wir nicht einem ständigen Wandel unterworfen? Gab es überhaupt etwas, was Bestand hatte, vor allem in einer Zeit, wo das Gestern gar nicht mehr von Bedeutung war? Wo es unwichtig war, welchen Drink du vor fünf Minuten getrunken hast?

Irgendetwas zog meinen Blick auf meine Füße. Ein Gewicht, das sich um meinen Hals legte. Oder wollte etwas, dass ich dorthin schaute? *Natürlich.* Das war es: Ich ging immer weiter, auch wenn ich viele Altlasten an Gedanken, Mustern und Glaubenssätzen mit mir schleppte, ich wollte immer nach vorn, denn das hinter mir war nicht mehr wichtig. Es zählte nur das, was am Horizont war. Der Schatten hinter mir war der Schatten, den ich nicht mehr ändern konnte. Er hatte seine Form und seine Konturen, die sich vom Licht meiner Zukunft abhoben.

Und während andere vom Licht geblendet waren und durch ihr Leben taumelten, war ich bereit, mehr hinter alldem zu sehen. Licht, das mich innerlich euphorisch machte und mir Wärme schenkte. Mein Treibstoff, um meine Träume und Wünsche in die Tat umzusetzen.

»Mein Mut«, antwortete ich, nachdem ich meine Gedanken weiterziehen ließ.

»Das ist eine deiner Eigenschaften, die ich am meisten bewundere und mir gleichzeitig auch ganz viele Sorgenfalten beschert«, gab Mama zu.

»Ja, ich habe dir bestimmt einige Sorgenfalten beschert. Da hilft auch keine Anti-Aging-Creme«, fügte ich grinsend hinzu, woraufhin wir beide laut loslachen mussten. Da war er, mein versteckter Witz, der unter meinen Sorgenfalten zu verschwinden drohte. Wobei meine Allüren oft auch zu trocken war, als dass ihn jemand verstand. Daher hatte ich mir angewöhnt, meinen Sinn für Humor gedanklich in eine alte Box verpackt wo er in der letzten Ecke verstaubte.

Hin und wieder ließ ich ihn heraus, oder es verirrte sich etwas aus der Box, bei dem ich selbst überrascht war, wenn es herauskam. Dabei war es doch ein Teil von mir, genauso wie alles andere an und in mir auch. Warum also verbog ich mich derart? Was bewegte mich dazu, diesen so wichtigen Teil in mir zu verstecken?

Kapitel 12

Ein feiner Nieselregen setzte ein, als wir an dem alten Fachwerkhaus ankamen. Aus den Fenstern fiel warmes Licht auf den Gehsteig. Vor der Tür stand ein Schild, das ich erst nach genauerem Betrachten lesen konnte. Die feinen Regentropfen hatten der Farbe des aufgeklebten Plakats stark zugesetzt und sie verwischt. Ich schärfte meinen Blick und konnte so erkennen, dass wir hier richtig waren. Die Vernissage. Meine Mutter stand bereits an der Tür und wartete auf mich, während ich den Titel entzifferte.

»Zwischen Schatten und Licht«, las ich laut vor.

Klingt ja nicht sehr vielversprechend. Dennoch wollte ich der Sache eine Chance geben. Der Ausstellung ebenso wie meiner Mutter, denn bisher lief es gar nicht so schlecht. Es lief sogar überraschend gut, auch wenn es die eine oder andere Situation gegeben hatte, die eine unangenehme Stille produziert hatte.

Dankend gab ich der Dame an der Garderobe meinen Mantel, die mir im Gegenzug eine kleine Karte überreichte, auf der eine Nummer stand. Ich versenkte sie in meiner kleinen Tasche und betrat den großen Saal.

Ich war überrascht, wie gut besucht sie war. Gab es wirklich so viele Menschen in der Stadt, die an Kunst interessiert waren? Sie wirkten auf mich anders als die Menschen, die mir auf der Straße begegneten.

Schick gekleidet und strahlten dabei etwas Unterschiedliches aus, als wären sie alle in einem eigenen Licht gehüllt. Sie wirkten nicht gehetzt, was ich erlebte, wenn ich durch die Straßen streifte. Noch haftete ihnen etwas Negatives an. Sie waren einfach sie. Ihr Dasein lud mich dazu ein, ebenfalls einfach nur ich zu sein. Dass ich mich so entfalten durfte, wie ich gedacht war. Und nicht so, wie andere mich gern hätten. Doch wer war ich denn wirklich?

Erst jetzt wanderte mein Blick zu den Ausstellungsstücken: Riesige Leinwände, dazwischen kleinere und alle waren in Schwarztönen bis hin zu Grautönen und Weiß bemalt. Einige sahen aus, als wären nur Farbkleckse darauf gespritzt worden, andere wie dichte Wälder. Eine schöne und doch so einfache Interpretation von Schatten und Licht.

Kapitel 13

Langsam wanderte ich durch den Raum, während irgendwo leise Klavierklänge ertönten. Ich schob mich an dem ein oder anderen Gast vorbei und betrachtete die Bilder eingehend. *Man konnte so viel aus so wenigen Farben machen*, ging es mir durch den Kopf. Ganz genauso war es auch mit dem Leben.

Man brauchte eigentlich nicht viel, um glücklich zu sein. Oder? Klar war es schön, wenn man ein tolles Haus hat oder einen schönen Sportwagen, doch war das wirklich das, was man im Leben brauchte? Ging es darum, sich mit schönen Dingen zu umgeben, nur um für eine gewisse Zeit Glück und Zufriedenheit zu fühlen, die dann zu einer Sucht wird? *Hast du was, dann bist du was,* schoss es mir durch den Kopf. Diese Bilder hatten etwas, doch waren sie auch was?

Sie waren die Schöpfung eines kreativen Kopfes, der es schaffte, seine Gefühle und Gedanken damit auszudrücken. Das war Kunst und sie war frei. Sie war ungebunden und doch war sie auf die unzähligen Leinwände gebannt.

Mein Blick blieb an einem Bild hängen, auf dem lediglich ein schwarzer Farbklecks auf weißem Grund war. Er füllte die Mitte aus, seine kleinen gesprenkelten Enden sollten oder konnten den Rand nicht erreichen. War das Absicht? Schon fing mein Kopf an zu erahnen, was dem Schöpfer durch seinen Kopf gegangen sein mochte, als er das Bild schuf. War er müde gewesen? Glücklich? Oder wollte er, dass die Betrachter selbst etwas hineininterpretierten, weil er einfach nur Spaß daran hatte, mit Farbe herumzuspritzen?

Der letzte Gedanke brachte mich zum Schmunzeln. Das erschien mir gar nicht so abwegig, denn ich hatte bereits verstanden, dass Menschen viel zu schnell etwas hineininterpretierten, was nicht der Wirklichkeit entsprach.

»Sie versteht es, die Betrachter mit der Einfachheit ihrer Werke zu verwirren«, sagte Mama, die neben mich getreten war.
Sie betrachtete lächelnd das Bild, als würde sie genau wissen, was die Künstlerin damit ausdrücken wollte. Ihre Augen leuchteten mit den unzähligen Lichterspots um die Wette. Sie wusste etwas, was ich nicht wusste.

»Was siehst du in diesem Bild?«, fragte ich leise. Ich empfand es als unpassend, die Frage laut zu stellen, denn ich wusste nicht, wer die Künstlerin war, und wollte ihr mit meiner Aussage nicht zu nahetreten.

»Einfachheit.«

»Einfachheit?«, hakte ich nach.
Mama deutete auf die Konturen.

»Schau, sie hat sich wohl nicht dafür interessiert, wo genau der Klecks landet. Er ist aber genau in der Mitte. Sie hat nur einen Versuch gebraucht, da bin ich mir sicher. Und der landete genau in der Mitte der Leinwand. Manche würden dort alles Mögliche sehen. Doch ihr ging es nur um diesen Klecks. Nicht mehr und nicht weniger.«

Jetzt schaute ich mir das Bild noch genauer an. Es schien so, als würde meine Mutter die Künstlerin gut kennen. Es war tatsächlich nur ein Klecks auf einem Bild. Da gab es kein Indiz, dass sie dort noch einen weiteren gesetzt hatte oder irgendwie nachgeholfen hatte. Es waren weder Pinselstriche zu erkennen, noch konnte ich sehen, dass sie mit etwas Anderem nachgearbeitet hatte. Doch da musste noch mehr sein. Also suchte ich energischer nach einem Anhaltspunkt. Erfolglos.

»Kennst du sie?«

»Kennen wäre zu viel gesagt«, entgegnete meine Mutter leise und ließ ihren Blick zum nächsten Bild wandern.

»Was meinst du?«, wollte ich wissen.

Meine Neugier war geweckt und in mir war alles auf Empfang, um noch mehr über die Künstlerin zu erfahren.

»Sie ist ein Mensch mit einer sehr hohen emotionalen Intelligenz. Sie stellt Fragen, die du sonst nicht gestellt bekommst. Und damit bringt sie dich zum Nachdenken.«

Mama wirkte abwesend und trat dichter an das Bild heran, auf dem zwei Konturen zu sehen waren. Eine schwarzgemalte Gestalt, daneben nur die Konturen einer Gestalt, die menschlich wirkten. Prompt fiel mir Marsha ein. Ich erinnerte mich an die unzähligen Fragen, die meine inneren Baustellen aufdeckten und um die sie sich gekümmert hatte, ohne eine Gegenleistung zu erwarten. Zart keimte die Hoffnung auf, dass meine Mutter sie auch traf. Also fasste ich mir ein Herz.

»Wie heißt sie?« Mein Herz schlug schneller. Ich konnte ihre Antwort kaum erwarten und jeder Bruchteil einer Sekunde fühlte sich wie eine ganze Ewigkeit an. Nervös knetete ich meine Hände und kaute auf meiner Unterlippe herum. Ich betete zu irgendetwas, was dort oben weit über uns war, und wünschte mir, dass sie den Namen sagte, den ich erhoffte.

»Cara.«

Mit den wenigen Buchstaben wurde meine Hoffnung zunichtegemacht. Da war es wieder, das Gefühl, dass ich Marsha nie mehr wiedersehen sollte. Und es wurde immer stärker. Eine kleine Brise entwickelte sich zu einem Sturm, der alles hinfort pustete, was nicht mehr sein sollte und keinen Bestand mehr hatte.

»Okay«, antwortete ich nur und lächelte meine Mutter schief an. Ich wollte ihr nicht die Freude nehmen, dass Cara ihrem Leben eine neue Richtung gab. Ich war kein Zerstörer des Guten und so hüllte ich mich in ein Schweigen, das in seinen sanften Schwingen meine Trauer mildern versuchte. Das durfte ich für mich allein durchleben. In mir war ich mit diesem Gefühl ohnehin allein.

»Ich habe gerade meinen Namen gehört.«

Eine angenehm warme Stimme durchbrach die Stille zwischen meiner Mutter und mir. Eine Frau, vielleicht Mitte dreißig, stand hinter uns und schaute uns mit ihren leuchtend braunen Augen an. Eine dunkelbraune Strähne fiel ihr in die Stirn, die sich nicht in ihrem Pferdeschwanz einpflegen ließ. Ihr Gesicht hatte bereits kleine Fältchen, die mir aber nicht wie Altersfalten erschienen, sondern wie Lachfalten. Lachfalten eines glücklichen Lebens voller Freude, die ich gerade nicht empfinden konnte und mich stattdessen wieder zu einem Lächeln zwingen musste. Hoffentlich merkte sie nicht, dass das, was ich Lächeln nannte, nicht echt war.

»Wir haben gerade über dich geredet«, erwiderte meine Mutter herzlich lachend und begrüßte Cara mit diesen angetäuschten Küsschen auf die Wange, die ich fürchterlich fand.

Da war sie wieder: die Nicht-Nähe-Mögende Leyla. Da schüttelte es mich. Ich drehte mich von den beiden weg, damit sie meine Abneigung nicht wahrnahmen.

»Ich hoffe, dass du nicht übertrieben hast.« Ein leicht betretener Ton schwang mit, der mich stutzig machte.

Ich wandte mich langsam wieder Cara und Mama zu. Cara streckte mir die Hand entgegen und lächelte freundlich.

»Du musst Leyla sein, deine Mutter hat mir schon viel von dir erzählt.«

Zögernd schüttelte ich ihre Hand. Ich konnte einige Risse in ihrer Haut spüren. »Ich frage mich, was sie dir alles von mir erzählt hat.« Meine Antwort sollte eher eine Frage sein, doch leider ging Cara nicht weiter darauf ein, sondern betrachtete nun ebenfalls das Bild vor uns.

Mir stach das kleine weiße Schild am unteren Rand ins Auge. »Das Bild heißt ‚Zwei Seelen'«, stellte ich fest.

»Kannst du dir erklären, warum es so heißt, Leyla?«, fragte Cara flüsternd.

Für einen Augenblick hielt ich inne. Warum nannte man ein Bild so, wenn dort eine Silhouette und eine schwarze Kontur zu sehen waren? Leicht neigte ich den Kopf, um das Bild aus einem anderen Winkel zu betrachten. Mein Geist war jetzt frei und suchte mit einer spielerischen Leichtigkeit nach Interpretationsansätzen.

»Ich glaube, dass das keine zwei Seelen sind, sondern, dass sie eins sind, nur halt entzweit. Der eine Teil stellt das Äußere dar, der andere das Innere.«

Wow, war das wirklich gerade aus meinem Mund gekommen? Ich hatte mich mal wieder selbst überrascht und auch selbst übertroffen. Niemals hätte ich mir zugestanden, dass ich ein Bild interpretieren könnte.

»Aha«, machte Cara erstaunt.

Mama suchte meinen Blick, doch da war noch mehr, was mir durch den Kopf ging.

74

»Es stellt die menschliche Hülle dar und die eigentliche Weite im Inneren. Kreativität. Wissbegier. Erfindergeist.«

»Das sind sehr interessante Ansätze, die du hast. Mir gefällt deine Denkweise.«

Die ist auch noch nicht so alt, zuckte es durch meinen Kopf, doch das sollte sie nichts angehen. Und mir war auch nicht klargewesen, dass ich schon so weit war, es heraus zu posaunen. Das Klavier im Hintergrund spielte immer gefühlvollere Klänge. Als wollte es meine Gedanken musikalisch unterstreichen.

»Ich bin der Überzeugung, dass wir mehr sind, als wir auf den ersten Blick erscheinen. Da gibt es etwas in mir, was mich lenkt und führt. Wir sind – so ist meine Sicht – mehr als Haut, Fleisch, Knochen und Organe.«

Caras Stimme erreichte einen Punkt in mir, der mein Herz aufgehen ließ. Da brach etwas in mir los, das mehr davon wissen und mehr sein wollte, als ich es mir in diesem Moment greifbar machen konnte. Da gab es etwas, was wachsen wollte, was Platz suchte und seine eigene Schönheit entfalten und in voller Pracht zeigen wollte.

»Meine Tochter beeindruckt mich immer wieder.« Mit stolz geschwellter Brust nahm sie meine Hand und strich mir mit dem Daumen über den Handrücken.

Ich lächelte etwas und schob eine Strähne hinter mein Ohr.

Was für ein schönes Kompliment, dachte ich. Es war faszinierend, was es in mir auslöste. Ein Hauch von angenehmer Verlegenheit, Freude und Anerkennung für meine doch so oft abstrusen Gedankengänge breiteten sich in mir aus, gepaart mit einem Gefühl von wohliger Wärme in der Herzregion.

Das war ein Moment, den ich bewusst voll auskostete, da es endlich einmal nicht um meine äußere Erscheinung ging, sondern um mein Inneres, das aus mir sprach. Und dafür war ich dankbar. Mama sah mich mit den Augen, die physisch nicht greifbar waren. Sie sah mein wahres Ich und keine Kopie von mir.

Laut ihrer Aussage hatte sie sich einfach von dem inspirieren lassen, was sie bewegte und was sich aus Gesprächen mit Freunden und Bekannten ergab.

Kapitel 14

Zugegeben, ich war etwas neidisch, dass Cara Menschen kannte, die mehr als die Oberfläche eines Sees sahen. Die in den See hineintauchten und dort den Schmutz, Müll, aber auch die verborgenen Schätze fanden und sie gemeinsam mit ihr bargen.

Wie musste es wohl sein, wenn sich Menschen wirklich sahen und gegenseitig halfen, sich zu dem besten Ich zu entwickeln, das sie sein konnten?

Mir entwich ein leiser Seufzer, als ich weiter durch die Galerie wanderte und mir die Leute ansah. Einige waren in Hemd und feiner Stoffhose gekleidet, andere waren in typischer Straßenkleidung hier und eine Dame mit blauen Haaren stach in einem auffälligen Rock mit einem noch bunteren

Poncho heraus. So schrill es im ersten Moment wirkte, umso harmonischer vereinte es sich mit der Person, an deren Körper es sich befand. Es fiel mir schwer, mir vorzustellen, wie die Frau mit meeresblauen Haaren in einer schicken Bluse mit steifem Bleistiftrock ausgesehen hätte. Das wäre einfach nicht sie, sondern nur etwas, was andere sehen wollten.

Ich schaute an mir herunter. Betrachtete das enge Cocktailkleid mit den unbequemen High Heels, die mir meine Zehen zerquetschen. War das überhaupt ich? Ein klares *Nein* durchzuckte mich aus meiner Brust heraus.

Wenn ich nur ein wenig mehr Zeit gehabt hätte, dann wäre ich bestimmt nicht in diesem Outfit hierhergekommen.

Lüge, meinte etwas in meinem Kopf.

Und da sollte es vollends recht behalten. Ich hätte – egal ob es die Zeit zuließ oder nicht – etwas anziehen können, was mir gefiel. Mein Lieblingscardigan zusammen mit einer dunklen Leggings und schwarzen Boots wären mehr Ich gewesen. Ich in meinem Herbstoutfit, authentisch und nicht so aufgebrezelt, als wäre ich zu einer hochkarätigen Gala eingeladen worden.

Kurz spielte ich mit dem Gedanken, rasch heim zu fahren und mich umzuziehen, doch das hätte zu lange gedauert. Außerdem war es mir bisher auch möglich gewesen, mich in dem wohl zu fühlen, was ich jetzt trug. Es brachte mich nicht weiter, wenn ich mich bis zum Ende der Veranstaltung versteckte oder in einer Ecke verkroch, bis alles vorbei war. Ich musste zu dem stehen, was war, denn ändern konnte ich es nicht.

»Leyla, ich möchte dich gerne etwas fragen.« Cara reichte mir ein Sektglas, welches ich dankend nahm und sie einen Moment lang musterte. Sie war hübsch und wusste sich zu kleiden. Ein langer roter Blazer, darunter ein weißes Shirt, das sie etwas in die dunkle Jeans gesteckt hatte. Dazu kniehohe, enganliegende Lederstiefel, die mir gut gefielen. Die hatte ich in irgendeinem Schaufenster gesehen und wollte sie mir kaufen. Als ich am nächsten Tag hinging, waren sie jedoch leider nicht mehr da. Nun wusste ich, wer mir zuvorgekommen war.

»Es gibt jemanden, der dich gerne kennenlernen möchte, und die Person hat mich gebeten, dich vorher zu fragen, ob das in Ordnung ist.«

Verdutzt sah ich Cara an, die meinen Blick mit ihrem sanften Lächeln erwiderte. Jemand wollte mich kennenlernen?

»Wer denn?«, fragte ich ohne Umschweife.

Wenn ich auf meine Erfahrungen zum Thema Kennenlernen zurückblickte, dann waren es meistens Männer gewesen und die hatten meist nur eines im Sinn gehabt: Sex. Natürlich gab es auch andere, die einfach nur ein interessantes Gespräch führen wollten, doch die konnte ich an einer Hand abzählen.

Cara deutete auf einen Mann, woraufhin ich einen lauten Lacher losließ. Einige Köpfe drehten sich zu mich um.

»Das ist Erik, mein bester Freund. Er hat sich wohl wieder einen Scherz erlaubt und leider bist du darauf reingefallen«, erklärte ich, als Cara mich fragend musterte.

Jetzt stimmte Cara in mein Lachen ein. Ein so herzliches Lachen, das durch den ganzen Raum hallte und ihn füllte. Weitere Köpfe drehten sich in unsere Richtung, wandten sich dann aber schnell wieder dem zu, was sie vorher taten.

»Ein Schelm ist der Erik. Das gefällt mir.«

Ich winkte Erik zu uns herüber und umarmte ihn zur Begrüßung. Der Streit von heute Morgen schien vergessen zu sein.

»Ihr würdet ein schönes Paar abgeben«, meinte Cara.

Erik und ich schauten uns an und grinsten nur, denn diese Aussage hatten wir schon oft gehört und doch sollte es nur eine Illusion sein, die wir immer wieder aufs Neue zerstören durften. Wir waren Freunde. Er war überzeugter Single. Und mein Interesse galt nicht der Männerwelt.

Kapitel 15

Meine Mutter kam wenige Augenblicke später dazu, warf noch einen kurzen Blick auf das Farbklecksbild und reichte Erik dann die Hand.

»Hallo Erik«, sagte sie mit einer gewissen Distanz in der Stimme.

»Hallo«, erwiderte er trocken und nippte an seinem Sektglas. Er wusste sich zu präsentieren und er wusste, wie er alle Blicke auf sich zog. Er hatte wieder seinen besten Anzug ausgepackt und sich in Schale geworfen. Nur fragte ich mich, warum er hierhergekommen war, wo er doch gar kein Kunstinteresse hatte, von seinen Comicheften einmal abgesehen, die seine Schubladen und Regale füllten. Das wollte ich allerdings nicht als Kunst sehen.

Ich stellte Cara Erik vor, die sich ebenfalls die Hände schüttelten, nur bedeutend freundlicher als er und meine Mutter.

Ich wusste um Mutters Ablehnung zu ihm, denn er war – so hatte sie es mir schon in Kindheitstagen versucht einzubläuen – keine gute Gesellschaft.

An dieser These schien sie heute noch festzuhalten. Niemand war gut für mich, den sie nicht für mich ausgesucht hatte. Auch nicht, wenn er gutes Geld verdiente, einen guten Charakter hatte, man mit ihm sogar Pferde stehlen konnte und er immer auch ein offenes Ohr hatte, wenn es einem nicht gut ging oder man einfach über das Leben und deren Geschehnisse philosophieren wollte. Kurzum: Erik wäre kein Kandidat, den meine Mutter mir vorstellen würde. Und ich war einfach nur glücklich darüber, dass Erik mein bester Freund war. Nicht mehr. Nicht weniger. Das durfte ich ihr jetzt sagen, denn das wollte ich unbedingt lernen: Zu mir und zu meinen Freunden zu stehen.

»Erik, würdest du meine Mutter und mich kurz entschuldigen, bitte?«, platzte es dann wie eine Kanonenkugel aus mir heraus.

Er machte erst große Augen, dann nickte er und ich ging mit meiner Mutter, die ebenfalls erstaunt meinen Blick suchte, in eine etwas ruhigere Ecke der Ausstellung.

Nach einem tiefen Atemzug gab ich mir ein stilles Versprechen. Ich versprach mir, mich nicht in alte Situationen hineinziehen zu lassen, die schon längst der Vergangenheit angehörten. Es sollte nicht mehr passieren, dass ich meinem so ausgeprägten Fluchtinstinkt folgte, sondern ich wollte meine Mutter zur Rede stellen. Sie fragen, weshalb sie noch immer einem Bild folgte, das nicht mehr aktuell war. Das die Realität und das jetzige Sein einer Person verzerrte und dem Früheren nicht mehr ähnelte.

»Mama, ich wünsche mir von dir, dass du Erik nicht so anschaust, als wäre er weniger wert als du. Oder ich. Oder sonst wer. Ich wünsche mir von Herzen, dass du ihn genauso klar sehen kannst, wie er ist. Mit allen Ecken und Kanten. Mit seinen Macken und seiner vielleicht ungehobelten Art. Er ist mein bester Freund, er war da, als keiner mehr da sein wollte, er gab mir Zuversicht und seine bedingungslose Unterstützung, als ich von Zuhause wegging, um mich selbst so zu entfalten, wie ich bin. Wie ich wirklich sein wollte. Er ist der wertvollste Mensch, den ich zu meinen Freunden zählen kann, von denen ich doch so wenig habe. Und ich wünsche mir, dass du den Schatz, den er in sich trägt, siehst.«

Um Himmels Willen, war ich zu weit gegangen? Die Worte rollten so aus mir heraus, wie kleine Wellen, die sich nicht mehr von Wellenbrechern zurückhalten lassen wollten und so meine Gedanken und Gefühle in aller Prägnanz an das Ufer trugen, wo meine Mutter stand. Mit einem Blick, der mir nicht verriet, was sie dachte oder mir vielleicht sogar entgegensetzen wollte. Mit einer Körperhaltung, die zwar Präsenz ausstrahlte, mich aber nicht einschüchterte. Es war nicht mehr so, dass mich ihre gerade Haltung kleiner werden ließ und ich hatte auch keine Angst mehr vor dem mahnend erhobenen Zeigefinger. Das war alles nicht mehr ich. Ich war mehr als meine

Vergangenheit und ich war mehr, als sie vielleicht sehen konnte. Oder wollte. Ich war ich. Und sie sollte mich auch als diesen Menschen sehen. Mich, ebenso wie Erik. Oder hatte ich mich da auf eine fremde Baustelle verirrt? Wäre es nicht eigentlich seine Aufgabe gewesen, sich diesen Respekt einzufordern?

»Ich weiß gerade nicht, was ich darauf antworten soll«, kam es dann stockend von Mama. Sie legte sich eine Hand auf ihr Brustbein, als müsse sie um ihre Fassung ringen.

»Du brauchst mir nicht antworten, ich möchte nur, dass du es weißt. Und vielleicht kannst du mir diese Wünsche erfüllen«, entgegnete ich. Rasch schaute ich mich um, ob irgendwer unserem Gespräch lauschte, doch alle waren mit sich und der Ausstellung beschäftigt, was mich beruhigte. Auf keinen Fall wollte ich Aufsehen erregen. »Danke, dass du mir zugehört hast.«

Ich lächelte ein wenig und ging dann zurück zu Erik, der mich fragend ansah. Cara war nirgends zu sehen.

»Alles erledigt«, sagte ich und nahm mir einen Sekt vom Tablett einer Dame, die durch die Menschen schritt.

Erik tat es mir gleich und stieß mit mir an. »Was auch immer du gemacht hast, es hat dir wohl gutgetan. Du siehst sehr erleichtert aus«, merkte er an und nippte an seinem Sekt.

Ich nickte nur und fühlte mich leichter. Ein Stein, der schon so lange auf meiner Schulter ruhte und den ich nun endlich hatte ablegen können. Der Knoten war geplatzt und es war heraus. Und damit auch die Last, die auf mir gelegen hatte. Auch wenn ich das niemals hätte tun brauchen. Es war mir wichtig, dass ich es getan hatte, denn Erik und mich verband etwas, das stärker war. Eine Art Beziehung, die weiterging, als andere dachten. Er war mein engster Vertrauter. Doch hier ging es auch um mein Seelenheil. Um alte Dinge, die endlich enden sollten. Die nicht mehr zu mir gehörten.

Kapitel 16

Schweigend wanderte ich weiter durch die Galerie und blieb abrupt stehen, als ich etwas entdeckte, dem meine Augen nicht trauen wollten. Ich stand vor einem riesigen Ich. Eine Leinwand, die so groß war wie ich. Eine Person war darauf verewigt worden, die mir zum Verwechseln ähnlich sah. Die abgebildete Person stand dort mit dem Blick auf ein Meer aus Schwarz und Weiß sowie verschiedenen Nuancen von Grau. Ich ignorierte das Hinweisschild, dass man die Bilder nicht berühren sollte und strich vorsichtig darüber.

In meinem Kopf drehte sich alles und ließ mich zu dem Moment zurückkreisen, als ich dort war, an dem Ort auf der Leinwand. Am Strand, während ich auf Marsha wartete, gehüllt in Strickmantel und Boots. Selbst das

Muster meiner Leggings war darauf verewigt. Hatte mich jemand fotografiert, als ich dort war? Oder steigerte ich mich gerade in eine Erinnerung hinein, die nicht existierte?

»Das kann es doch nicht geben«, flüsterte ich einige Minuten später, während ich vehement das Bild anstarrte und nach einer Erklärung suchte, wie ich den Weg auf diese Leinwand gefunden hatte.

Mein Blick huschte nun doch zum Bild daneben, wo mir noch etwas auffiel, was mir erneut den Atem nahm. Ich schnappte nach Luft. Eine kleine Panoramaleinwand, auf der ein Augenpaar abgebildet war. Meine Augen, auch wenn sie nur in Schwarz und Weiß zu sehen waren. Das waren meine. Meine kleinen mandelförmigen Augen mit den langen Wimpern an den Lidern, umrahmt von leichten Augenringen. Ich schluckte. Wie konnte es sein, dass ich mich hier wiederfand? Und warum ließ mein Gefühl mich glauben, dass jemand ganz Bestimmtes diese Bilder gezeichnet hatte? Ein Mensch, der mit mir einen einzigen Tag verbracht hatte und mir so nah gekommen war, dass ich sie in diesem Augenblick förmlich spüren konnte. Als wäre sie da, genau hinter mir, und würde mich stärken, während ich nach einer Erklärung suchte.

Du brauchst nach keiner Erklärung suchen, denn sie ist absolut überflüssig, ging es mir durch den Kopf.

Aber warum nicht? Das kam mir gerade sehr wunderlich vor, als würde ich mich in Gedanken mit jemand anderem unterhalten. Nachdenklich runzelte ich die Stirn. Ging so etwas überhaupt?

Es gab so viele Phänomene auf der Welt, die keiner so richtig erklären konnte. Die Welt war einzigartig und diese Einzigartigkeit entstammt dem einzigartigen Sein einer jeder Person auf dieser Erde.

Also tat ich es nicht als Hirngespinst ab, sondern konzentrierte mich auf die Gedanken, die in meinen Kopf hereinflogen. Mein Körper begann, sich langsam im Klang der Klaviermusik zu wiegen.

Alles darf so sein, wie es jetzt ist.

Langsam wirkte es beängstigend, denn ich folgte etwas, was ich nicht kannte. War das

Telepathie oder war ich den Wahnvorstellungen doch näher, als ich dachte? Immer weiter tauchte ich in eine unbekannte Welt ein und ließ mich darauf ein, was geschah. Ich konnte nichts verlieren, denn dort, wo ich in Gedanken war, war ich sicher. Das konnte ich spüren, in jeder einzelnen Faser meines Körpers. Es hüllte mich ein wie das Ungeborene in einer Fruchtblase. Ich war quasi das Ungeborene in der Fruchtblase, das die sanften und dumpfen Worte der Mutter hörte, die voller Liebe waren. Hier konnte mir nichts passieren.

Wer bist du?

Ich bekam keine Antwort, sondern spürte nur, wie sich eine Hand auf meine Schulter legte und mich abrupt umdrehte.

»Geht es dir nicht gut?« Mama musterte mich besorgt und legte nun auch die zweite Hand auf meine andere Schulter.

Ich musste mich erst aus diesen Gedanken befreien, bevor ich ihr antworten konnte.

Irgendwas musste im Sekt gewesen sein, murmelte mein Verstand. Das erschien zwar plausibel, doch dem wollte ich keinen Glauben schenken.

»Doch, ich war nur in Gedanken.« Ich deutete auf die Bilder, die nun hinter mir waren.

Meine Mutter folgte meinem Fingerzeig und lächelte dann.

»Ein unglaubliches Talent schlummert in Cara«, seufzte sie und betrachtete das Bild genauer.

»Was siehst du auf dem Bild?«, fragte ich zögerlich nach. Vielleicht erkannte sie mich ebenfalls? Oder es war wirklich etwas in dem Sekt gewesen. Sinneserweiternde Mittel oder etwas in der Art …

Mama legte den Kopf erst zur linken und dann zur rechten Seite. »Ich sehe eine Frau, die wohl auf etwas wartet«, antwortete sie nach einigen Augenblicken und deutete auf das Werk, das – so meine Meinung – mich am Strand zeigte.

»Okay, und auf dem anderen?«, fragte ich drängend. Mir kamen die Antworten viel zu langsam, das musste doch schneller gehen. Wieder betrachtete sie das Bild aus verschiedenen Blickwinkeln und antwortete dann wieder nur sehr langsam. »Die Augen wirken etwas erschöpft und müde. Als wäre die Person nur am Kämpfen und würde einfach nicht zur Ruhe kommen.«

Ich stand jetzt so nah neben meiner Mutter, dass der Duft ihres Parfüms in meine Nase stach. Bedrängte ich sie?

»Leyla, was ist denn los mit dir?«, wich Mama aus und wandte ihren Blick von den beiden Leinwänden ab.

»Mama, du kannst mich jetzt für verrückt halten, aber das bin ich auf den Bildern. Ich, wie ich am Strand auf Marsha warte und hoffe, dass ich sie wiedersehe.« Meine Hände verselbstständigten sich und wedelten durch die Luft. Es konnte doch nicht sein, dass nur ich mich dort sah!

Ich verschwieg ihr jedoch meine Gedanken, die ich von irgendwem bekam und einen inneren Dialog mit eben jener imaginären Person führte. Das wäre selbst ihr zu verrückt.

»Es besteht eine gewisse Ähnlichkeit mit dir, das ist wohl wahr, doch ich würde nicht meinen, dass du das bist«, entgegnete sie und wandte sich zu mir um. Sie nippte an ihrem Glas.

Leyla, du bist nicht verrückt. Kunst ist ein Spektrum und die künstlerische Freiheit erlaubt es, Dinge zu zeichnen, die vielleicht so aussehen wie du, du es aber nicht bist.

Ich predigte mir diesen Satz innerlich vor, damit ich mich nicht weiter in etwas hineinsteigerte, was vielleicht gar nicht so war.

Ja, es gab Ähnlichkeiten, doch konnte ich nicht davon ausgehen, dass ich das wirklich war. Es konnte auch jede x-beliebige Person sein, die mir einfach nur ähnlich sah.

Davon versuchte ich mich zu überzeugen, wandte mich ab und ging weiter durch die Galerie.

Ich nahm im Vorbeigehen einen Flyer in die Hand, der alle Ausstellungsstücke kurz beschrieb und den dazugehörigen Preis auflistete. Ich überflog die Preise, die mich teilweise einen Monatsumsatz ausmachten. Dazu kam, dass die Bilder aus meiner Sicht ohnehin unbezahlbar waren. Sie waren ein Stück eines Menschen, dessen Emotionen und Gedanken, und ich stellte mir die Frage, wie man so etwas in Geld aufwiegen konnte.

Menschen mit allem, was in und an ihnen war, waren unbezahlbar.

Es hatte mich schon damals im Geschichtsunterricht gestört, dass es den Sklavenhandel gab. Man setzte eine Summe fest, die der Mensch aufgrund seiner Gegebenheiten wert war. Je jünger und gesünder man war und vielleicht dazu auch noch attraktiv, umso mehr wert war man als ein Mensch, der vielleicht schon einige Beschwerden hatte oder von der Zeit gezeichnet war. Das hatte nichts mehr mit Menschlichkeit zu tun. Und dieses Spiel wurde bis heute fortgesetzt. Aufgrund unserer Fähigkeiten und unserer Erfahrungen wurden wir mit einer bestimmten Summe Geld dafür bezahlt, dass wir etwas taten. Und viel zu oft verkauften sich viel zu viele Menschen unter ihrem Wert.

Sie kennen nämlich ihren eigenen Wert nicht, ging es mir durch den Kopf. Kannte ich denn meinen eigenen Wert?

Ich drehte den Flyer um, auf dem die Adresse stand und wem Cara dankte. Mein Atem stockte, als ich weiterlas.

»Klavierbegleitung: Marsha Jokela«

Kapitel 17

Abrupt suchte ich im Raum nach dem Klavier, das immer noch spielte. Dabei fielen mir die Menschen auf, die dem Klavier wenig Aufmerksamkeit schenkten, obwohl die Melodie mich in eine Art Trance versetzte. Die mich in eine Sphäre hob, die mir ein Gefühl gab, nicht auf dieser Welt zu sein. Eine Sphäre, in der es mehr gab, als ich mir vorstellen konnte. Da saß sie, die Frau, die ich in endlosen Strandspaziergängen gesucht hatte. Deren Worte mich nie verurteilt, sondern mich auf mein nächstes Level gebracht hatten.

Völlig vertieft wanderten ihre Hände über die Tasten. Töne, die zu Akkorden wurden. Akkorde, die sich zu einem ganzen Stück zusammenfügten und mir eine Gänsehaut bescherten, die sich auf meinem ganzen Körper ausbreitete. Eine Mischung aus Freude, Glück und Wut machten sich in mir breit. Freude, da ich Marsha endlich gefunden hatte. Dort, einige Meter von mir entfernt, saß sie, ihre Haare lagen offen über ihre Schultern, die Augen waren geschlossen und sie konzentrierte sich voll und ganz auf das, was sie tat. Sie spielte mit Gefühl, ich konnte nicht sehen, ob vor ihr Noten lagen oder nicht. Ich traute ihr zu, dass sie sich nicht von einem Blatt Papier dazu verführen ließ, ein bestimmtes Stück zu spielen, sondern dass sie das spielte, was sie fühlte.

Und sie fühlte viel. Mal wurden die Töne höher, wie in einem ekstatischen Rausch. Schneller. Vorantreibender. Fokussierter. Dann wechselte sie in die tieferen Töne. Emotionslastiger. Träger. Nachdenklicher.

Zwischendurch hielt sie kurz inne. Bewegte sie sich durch ihre Emotionen, die Bilder in ihr auslösten? Waren die Pausen nötig, dass sie sich wieder fangen konnte, um sich dem nächsten Gefühl voll und ganz hinzugeben?

Ich hätte sie stundenlang beobachten können und ärgerte mich, dass ich ihren Klängen nicht schon mehr Aufmerksamkeit geschenkt hatte.

»Ist das nicht die Waldhexe, von der du mir erzählt hast?«

Ich zuckte zusammen und gab einen spitzen Laut von mir.

»Musst du mich so erschrecken?«, knurrte ich Erik zu, der mich belustigt angrinste. »Und sie heißt Marsha. Zeige bitte etwas Respekt«, fügte ich gereizt hinzu.

Solange er anderen Personen keinen Respekt entgegen brachte, wird er auch keinen bekommen, dachte ich. Nun konnte ich mir erklären, warum meine Mutter, die zu meiner Linken stand und der Musik lauschte, ihm keinen Respekt schenkte. Alles musste in Balance sein. Und die Balance fing in einem selbst an.

Kapitel 18

Langsam öffneten sich Marshas Augen. Sie legte ihre Hände in ihren Schoß und ich hätte schwören können, dass in ihrem Gesicht ein Muskel zuckte, als ihr Blick geradewegs auf meinen traf. Für den Bruchteil einer Sekunde wurden ihre Augen größer, doch dann lächelte sie und erhob sich. Cara ging zu ihr und drückte ihr einen Kuss auf die Wange. Waren die beiden ein Paar? Wieder ärgerte ich mich, dass ich den Menschen in meiner Umgebung zu wenig Aufmerksamkeit schenkte und so nur wenige Informationen über ihr Leben hatte. Und dann stand ich hier und wunderte mich, warum mich manche Dinge überraschten.

Das Summen der so unterschiedlichen Unterhaltungen verstummte, als Cara ihre

Hand hob. Was für eine Präsenz! Nur eine Handbewegung und sie hatte alle Aufmerksamkeit auf sich gezogen. Still und heimlich wünschte ich mir, dass ich das auch könnte. Doch es verlangte noch viel Arbeit an mir, um mir so ein Selbstvertrauen aufzubauen.

Während sich Cara bei den Gästen für ihr zahlreiches Erscheinen bedankte, heftete ich den Blick auf Marsha, die ihren Blick auf einen Punkt an der gegenübergelegenen Wand gerichtet hatte. Ich folgte der Richtung und entdeckte das Bild, auf dem ich mich zu erkennen meinte. Wieder beschlich mich das Gefühl, dass ich es auch wirklich war. Denn Marsha strahlte dabei etwas aus, das ich mir nicht erklären, sondern nur fühlen konnte.

Eine Vertrautheit mit der Situation, der Person, dem Gefühl, als das Bild entstanden war. Wie gern hätte ich sie angesprochen und wie gern hätte ich sie angeschrien, weil sie einfach verschwunden war und mich mit dem Wust an Gefühlen und Gedanken allein gelassen hatte. Doch ich war einfach nur dankbar, dass ich sie wiedersehen durfte, und damit gab ich mich für den Augenblick zufrieden, auch wenn es mir nicht reichte.

Ich wollte wieder ihre Wärme spüren, ihre Stimme hören, die bis in den letzten Winkel meines Inneren wirken konnte. Die Dämonen weckten, die ich versteckt hielt. Ihr Lachen, das von Herzen kam und so ansteckend war. Ihr Lächeln, das mich berührte. Und natürlich auch ihre zarte und zerbrechliche Seite, die ich erleben durfte. Ich wollte mehr von ihr und mehr Wissen lernen. Ich wollte so mit mir verbunden sein, wie sie mit sich. Es wäre eine Lüge, wenn ich es nicht wollen würde.

Diesen Menschen, zu dem ich eine Verbindung spürte und mein Körper sich anfühlte, als würde er vibrieren. Das war nur in ihrer Nähe so. Bei niemand anderem konnte ich mich so sehr spüren wie in ihrer Nähe.

Ich stimmte in den Applaus ein, abwesend und immer noch fasziniert von Marsha und diesem nicht erwarteten Wiedersehen.

Bitte, Leben, lass mich mit ihr reden.

Bist du dir sicher? Denn überlege mal bitte, wie sehr sie dich verletzt hat, stichelte mein Verstand. *Sie hat bestimmt schon alles weitererzählt, was du ihr erzählt hast, und nun haben die anderen ein genaues Bild von dir.*

Ich brachte meine Gedanken zum Schweigen und sagte mir, dass das alles nicht wahr ist und sie das niemals tun würde. Dazu war sie zu vertrauenswürdig. Zu zurückgezogen. Und sie würde es bestimmt nicht über das Herz bringen.

Eriks Worte fielen mir ein, wie naiv ich doch war. Vielleicht hatte er ja doch recht?

Cara ließ die Gäste nochmals verstummen. »Ich möchte mich an dieser Stelle bei Marsha für die so treffende musikalische Untermalung bedanken. Zwei Bilder von ihr haben sich in die Ausstellung geschlichen. Welche, möchte sie nicht verraten, doch ich denke, dass ihr sie bereits entdeckt habt.«

Marsha lächelte verlegen und sprach dann weiter. Ich hielt den Atem an. Ich wusste es. Auch, wenn sie noch nichts gesagt hatte.

»Danke, Cara, es ist mir eine Freude, dich und dein Talent in Töne zu fassen. Ja, es gibt zwei Bilder, die ich zeichnen musste, denn ich konnte nicht aufhören, diese Momente wieder und wieder vor meinem inneren Auge zu erleben. Sie wollten auf die Leinwand gebannt werden.«

Was für eine Wohltat es war, ihre Stimme zu hören, die so sanft und liebevoll durch den Raum schwebte.

Keiner wagte es, die Stille, die sich nun über alle Anwesenden legte, zu unterbrechen oder in irgendeiner Form zu stören. Diese Worte waren nämlich an jemand Bestimmten gerichtet. An mich. War das vielleicht sogar eine versteckte Entschuldigung an mich? Ich konnte nur mutmaßen, nur Marsha selbst konnte mir die Antwort geben.

Ein weiteres Mal ergriff Cara das Wort: »Ich weiß, dass hier einige Künstlerkollegen aus allen möglichen Branchen anwesend sind, die dieses Szenario kennen. Ich durfte miterleben, wie Marsha die schlaflosen Nächte mit ihren Werken verkürzte. Mit welcher Liebe sie die Linien zog, die dann immer mehr Gestalt annahmen, und wie sie die eine oder andere Träne vergoss. Es war ein Prozess. Das Bild, als auch das, was sie durchlebte. Eine stille Sehnsucht, die sich nicht stillen ließ und immer wieder auftauchte.«

Cara wandte sich zu Marsha, deren Augen sich etwas röteten. Lag das am Licht? Das konnte nicht sein, denn die Lampen waren so ausgerichtet, dass sie nur im indirekten Licht stand. Hier stand die Kunst im Vordergrund, die feinsäuberlich im Rampenlicht drapiert war. Alles andere war sekundär.

Ein Gedanke durchzuckte mich: Da ist mehr im Spiel. Da ging es um mehr und es berührte mich zutiefst, dass ich einen Teil der Entstehungsgeschichte der Bilder erfahren durfte.

»Ich denke, es geht hier viel mehr als um deine Werke, Cara«, sagte Marsha. »Meine sind nicht verkäuflich, aber ich freue mich, wenn ich den Menschen damit erreichen konnte und etwas in diesem Menschen auslösen durfte.«

Wen genau meinte sie mit »den Menschen«?, schoss es mir durch den Kopf.

Doch die Antwort war klar: Mich.

Sie wollte, dass mich diese Bilder erreichten und mich so berührten, dass es eine Art Fassungslosigkeit in mir auslöste und ich beinahe an meinem Verstand zweifelte. Doch warum kam sie dann nicht zu mir und sprach mich an?

Ich erinnerte mich an die Worte, die meine Mutter zu mir gesagt hatte: Sie bewundere meinen Mut. Ich konnte nicht voraussetzen, dass jeder Mensch so mutig war wie ich. Dafür besaß dieser Mensch möglicherweise andere Tugenden, die ich wiederum nicht beherrschte. Geduld, um nur ein Beispiel anzuführen. Denn die verlor ich immer mehr, je länger ich Marsha ansah. Jeder Blick fühlte sich wie ein Hieb ins Gesicht an. Mit etwas, was so brannte, dass meine Augen wässrig wurden. Natürlich wäre es einfach, den Blick abzuwenden, doch mir ging es wie einigen anderen in diesem Raum: Ich war wie gebannt. Ich *konnte* den Blick nicht von ihr abwenden.

Umso dankbarer war ich, als sich Erik vor mich schob und mir so die Sicht versperrte.

Tat er das ganz unbewusst oder war ihm überhaupt nicht klar, was für eine Erlösung das war? Konnte er vielleicht doch mehr sehen, als mir bewusst war?

Endlich konnte ich meine Gedanken sortieren und mich nicht zu sehr von meinen Gefühlen überwältigen lassen. Es fiel mir schwer, mich auf die Ausstellung und die Worte von Cara zu konzentrieren, statt Marsha die ganze Zeit anzustarren.

Dennoch erfuhr ich von Caras Beweggründen für diese Vernissage. Sie sprach von dem Spektrum, das zwischen Schwarz und Weiß war, wofür ihre Bilder standen und wie lange sie sich gewünscht hatte, der Welt ihre Bilder zu präsentieren.

Währenddessen erklangen wieder die Klaviertöne, die die Geschichte, die Cara erzählte, musikalisch untermalten.

Nach einer Weile wanderte mein Blick zu meiner Mutter, die wie gebannt an Caras Lippen hing.

Ihre Augen funkelten wie Sterne und ich fragte mich, was sie an Cara fand. Ja, sie wusste, wie man eine Geschichte schön erzählte, denn ihre Geschichte ließ mich mitfühlen. Durch Tiefphasen, in denen die Muse sie gemieden und sie das Gefühl hatte, dass sie ihre Werke niemals bis zur Vernissage würde beenden können.

»Es war eine Erlösung, als die Flaute der Vergangenheit angehörte und ich endlich meine Schaffenskraft zurückerlangte«, schwärmte sie und ließ ihren Blick durch den Raum wandern.

Einige Gäste nickten, manche seufzten sogar, als könnten sie genau nachvollziehen, wie es war.

Das muss der blanke Horror sein, wenn man vorwärts will, es aber nicht kann, dachte ich und versuchte, mich in so eine Lage hineinzuversetzen. Doch das brauchte ich nicht, denn in der Situation war ich bereits mehrfach gewesen. Zeiten, in denen ich das Gefühl hatte, meine Kreativität hätte mich verlassen.

Wo ich stundenlang vor dem Computer saß und keine zündende Idee kommen wollte. Während mich Kunden anriefen und darauf warteten, endlich ein Ergebnis oder zumindest einen Entwurf zu sehen. Diese Phasen waren meine Durststrecken, während deren ich gewisse Existenzängste verspürte. Denn ich verdiente mein Geld mit meiner Kreativität.

»Aus den Phasen durfte ich nun aber immer mehr lernen, denn es gibt sowas wie eine Blockade gar nicht.«

Cara durchbrach meine Gedanken an meine Kindheit oder hatte sie aufgefangen und sprach ihn jetzt laut aus. »Diese angeblichen Blockaden sind keine. Die setzen wir uns selbst und so binden wir uns selbst den Bären auf, dass wir momentan nicht weiterkommen«, fuhr Cara fort.

Ich lauschte gespannt, was nun kommen würde. Wenn meine Mutter wirklich recht hatte, konnte Cara meine Denkweise revolutionieren. War es jetzt genau der richtige Zeitpunkt, um etwas Neues zu beginnen? Sich auf eine Situation einzulassen, die mein Leben nochmals auf den Kopf stellen könnte?

»Ich bin der Überzeugung, dass wir alle nicht unser volles Potential leben. Wir wurden in der Kindheit beschränkt, indem uns gesagt wurde, was sie nicht können. Oder dass sie zu jung für etwas sind. Wir beschneiden damit ihre Freiheit der Gedanken.«

Gebannt hing ich an Caras Lippen, wie alle anderen Anwesenden auch. War wirklich die Kindheit der Ursprung für die Grenzen, die wir uns selbst setzen? Ich erinnerte mich zurück an meine Kindheit und konnte es – leider – bestätigen. Oft genug fielen die Floskeln, dass ich zu klein, nicht reif genug oder nicht stark genug für etwas wäre. Dabei war ich schon als Kind sehr kreativ, wusste, was ich tun wollte, und wurde dafür belächelt. Das wurde dann als Träumerei abgetan. Ich sollte lieber einen »richtigen« Beruf lernen, statt mich mit meinen künstlerischen Ergüssen finanzieren zu wollen. Dabei war es genau das, was ich immer wollte und wobei mir das Herz aufging. Es erschien mir richtig, meinem Herzen zu folgen.

»*Zwischen Schatten und Licht* soll dazu animieren, auch den dunkelsten Teil in uns anzuerkennen. Jede noch so dunkle

Vergangenheit hat seine gute Seite, auch wenn wir sie nicht im ersten Augenblick sehen. Wir dürfen daraus einen Wert schöpfen und so unseren Frieden finden, egal wie hart das Erlebte war.« Cara strahlte über das ganze Gesicht.

Sie wusste, wovon sie sprach. Ich konnte langsam kaum mehr glauben, dass ich auf einer Vernissage war, sondern eher in einem Vortrag. War das ihre Absicht? Und was war meine Absicht? Was hatte ich erreichen wollen, als ich mich entschlossen hatte, mit meiner Mutter zu dieser Vernissage zu gehen?

»Danke.« Ich nahm meinen Mantel entgegen.

Mama und Erik warteten bereits an der Tür auf mich, während ich noch einen kurzen Blick in die Ausstellung erhaschte. *Schatten und Licht.* So gegensätzlich und doch gehörte beides zusammen. Niemals war mir das so klargeworden wie heute und nie hätte ich geglaubt, dass es auch in mir Schatten und Licht geben kann. Es war ein Abend, den ich so schnell nicht vergessen wollte, auch wenn er mir Dinge offenbart hatte, die ich mir noch nicht erklären konnte.

»Danke, dass ihr gewartet habt«, sagte ich, als ich in meinen Mantel geschlüpft war und nun bei meinem besten Freund und meiner Mutter stand.

Beide hielten etwas Abstand zueinander, als wären sie sich noch nicht schlüssig, ob sie nach all den Jahren gut zueinander sein konnten oder nicht. Doch es waren Dinge herausgekommen, die schon viel zu lange angestaut gewesen waren und das war gut so. Da konnte ich aus meiner eigenen Erfahrung sprechen.

»Nicht dafür«, murmelte Erik und zog an seiner Zigarette, die er dann achtlos auf die Straße warf.

»Das machen wir doch gerne«, schob meine Mutter hinterher, die Erik einen kurzen, abwertenden Blick zuwarf. Rauchen konnte sie noch nie ausstehen und ich war froh, dass ich dieser Sucht nie verfiel.

In meiner Jugend reizte es mich nicht und heute auch nicht. Da war ich auch besonders stolz drauf, vor allem wenn ich sah, wie schwer es manchen fiel, die Sucht wieder abzulegen. War das mangelnde Selbstdisziplin, dass man es nicht schaffte oder war da doch etwas Anderes, eine Art Gewohnheit, die man einfach nicht durchbrechen konnte? Und auf wie viele Situationen im Leben konnte man dieses Prinzip noch anwenden?

Ich hakte mich bei meiner Mutter ein und schaute auf die schwach beleuchtete Straße hinaus. Es schüttete in Bächen und ich hatte keinen Schirm dabei.

»Oh, verdammt«, seufzte ich und wirbelte suchend herum. Irgendwo musste es doch Schirme geben, die wir uns ausleihen konnten. Wir hätten sie auch am nächsten Tag wieder zurückgebracht.

Lüge, knurrte mein Verstand.

Regenschirme fanden nur selten ihren Weg zurück zu ihren eigentlichen Besitzern. Irgendwann gingen sie in fremdes Eigentum über. Das war wie mit Rechten, die man sich herausnahm und dann nicht wieder zurückgab. Denn dadurch steuerte man jemanden, was auf einer gewissen Art toll war, es löste in einem ein wohliges Gefühl von Macht und Kontrolle aus. Dabei ging es doch um etwas ganz anderes. Es geht um das Glücklichsein und das wird gerne vergessen, weil das Ego zu groß ist.

»Kann ich euch helfen?«, hörte ich eine vertraute Stimme hinter uns und dreht mich zu ihr um.

»Cara, meine Liebe«, rief meine Mutter erfreut und trat näher an sie heran. »Ich weiß, es ist deine Vernissage, aber könntest du uns ins Zentrum fahren? Wir sind zu Fuß hier und wir haben leider keine Schirme.«

Ich betrachtete meine Mutter genauer.

Da war etwas in ihrem Blick, das auf mich wirkte, als würde sie Cara anhimmeln. Sie sozusagen auf ein Podest stellen und ihr so den Status einer Heiligen geben. Oder bildete ich mir das ein? Sie hatte von ihr geschwärmt, in den höchsten Tönen, doch ich konnte weder meiner Mutter, noch Cara abkaufen, dass sie mit einer komplett weißen Weste durch das Leben schritten.

»Es tut mir leid, aber das geht leider nicht.« Caras Blick war nun etwas betreten, dann verschwand sie.

Kurz konnte ich am Eingang des Saals eine Frau mit weißen Haaren erkennen, die dann augenblicklich wieder verschwand. Erst in dem Moment realisierte ich, dass es Marsha war. Zu spät, um all meinen Mut zusammenzunehmen und sie anzusprechen. Mein Herz zog sich schmerzhaft zusammen. Marsha hatte ich durch Caras Worte vollständig ausgeblendet und hatte sie vergessen können. Nun ärgerte ich mich über meine verpasste Chance, sie zur Rede zu stellen. Und ob sich noch eine weitere ergeben würde, konnte mir nur der Himmel sagen. Der jedoch zog es vor, unzählige dicke Regentropfen fallenzulassen, als würde er um den verpassten Moment weinen. Bitterlich weinen.

Kapitel 19

Mit drei Regenschirmen bestückt, kehrte Cara zu uns zurück und reichte sie uns. »Kommt gesund heim und herzlichen Dank, dass ihr da wart.«

Mama und ich nahmen einen Schirm entgegen, während Erik abwinkte und einen Schlüssel aus der Tasche fischte.

»Gute Nacht euch beiden«, sagte er dann und wollte zum Auto gehen, dessen Lichter gerade aufblinkten.

Kurzerhand hielt ich ihn an seiner Jacke fest. Verdutzt sah er erst auf meine Hand, dann in meine Augen.

»Wieso hast du nicht gesagt, dass du hergefahren bist?«

»Du hast mich nicht gefragt«, sagte er und löste meine Hand von seiner Jacke.

»Außerdem ist das ein Smart. Ich hätte nur eine von euch mitnehmen können.«

Das erschien mir plausibel. »Entschuldige.« Erik zwinkerte mir zu, winkte dann, legte einen kurzen Sprint zu seinem Auto hin und verschwand darin.

»Wollen wir?«, fragte meine Mutter und hakte ihren Arm in meinen ein. Sie lächelte mich an, während sie mit einem Knopfdruck ihren Schirm öffnete.

Ich nickte und tat es ihr gleich. Nach dem ersten Schritt auf den Gehsteig regneten unzählige Tropfen auf uns herab. Genauso wie die Gedanken, die immer noch auf mich einprasselten und ihre Runden in meinem Kopf drehten.

»Danke für die Einladung, Mama.« Der Regen trommelte so laut auf meinen Schirm ein, dass ich lauter sprechen musste.

Stillschweigend wanderten wir zum Parkplatz, einige Straßen entfernt.

Ich kramte meine Autoschlüssel aus der Tasche und hob dann meinen Blick. Mama lächelte mich an und nahm ihren Schirm herunter, damit sie mich umarmen konnte. Ich schloss die Augen und erwiderte die Umarmung, die sich jetzt echter und herzlicher anfühlte als unsere erste Umarmung des Abends.

In uns war etwas freundlicher zueinander und aufgeschlossener, ausgelöst durch einen Abend, der etwas in mir rührte. Ich hatte angefangen, sie so zu nehmen, wie sie wirklich war. Mit allen Ecken und Kanten, Fehlern und Macken. Ich nahm sie als Perfektion ihres Selbst an. Denn niemand war besser darin, sie zu sein, als sie.

»Danke, dass du mir sowas Schönes gezeigt hast«, flüsterte ich in ihr Ohr.

»Die Vernissage war sehr inspirierend«, meinte sie, doch darauf wollte ich gar nicht hinaus.

»Nein. Ich meinte dich. Dieses neue Du, das über den Tellerrand blickt.«

Mama löste die Umarmung auf und kramte ein Taschentuch aus ihrer Tasche, womit sie sich in den Augenwinkeln tupfte. »Ich wünsche dir eine gute Heimfahrt und wenn du möchtest, kannst du in den kommenden Tagen gerne anrufen.«

Lächelnd drückte ich ihr einen Kuss auf die Wange und schloss meinen alten Kombi auf. Ein letztes Mal stieg mir der Duft meiner Kindheit in die Nase, bevor ich den Schirm zusammenklappte und mich ins Auto schwang.

»Fahr vorsichtig«, hörte ich meine Mutter noch rufen, als ich die Tür zuschlug und den Motor startete.

Ich winkte ihr noch kurz durch die Scheibe und fuhr los. Ob sie es bei den ganzen Regentropfen überhaupt sehen konnte? Und ob sie mich genauso klar gesehen hatte wie ich sie?

Kapitel 20

Das war bereits die dritte Runde, die ich um meinen Wohnblock drehte. Das Radio dudelte vor sich hin und wurde vom Regen übertönt. Lauter drehen wollte ich nicht. Und in meine Wohnung auch nicht. Mir erschien meine Wohnung nicht mehr als mein Zuhause, dort war es zu eng für mich und meine lästigen Gedanken, die gegen meine Stirn pochten.

Vielleicht war ich bereit für einen Tapetenwechsel, einfach alles im neuen Glanz erstrahlen lassen. Doch war es die Lösung, wenn ich im Außen die Scharlatane suchte, obwohl sie vielleicht ganz woanders zu finden waren? In mir?

Ich warf einen Blick auf meine Tankanzeige, die dem roten Bereich schon sehr nahe war.

»Was soll's«, seufzte ich und bog dann endlich in die Zufahrt ein, wo ich auf dem Parkplatz in eine Lücke einparkte und nach dem Schirm hinter meinem Sitz tastete. Ich zog ihn hervor und öffnete die Tür.

Meine Beine bewegten sich etwas widerwillig zu meiner Wohnungstür, wobei ich es auf den eisigen Wind schob, gegen den selbst meine Strumpfhose nicht viel ausrichten konnte. Ein Gefühl von Taubheit zog mir bis in die Oberschenkel. Bibbernd schloss ich die Wohnungstür auf und legte den Schirm in der Dusche ab.

Schnell hatte ich mich in einen bequemen Pullover und eine Jogginghose geschält und drehte die Heizung im Wohnzimmer auf. Leise säuselte sie vor sich hin, während ich mich auf mein Sofa legte und den Fernseher einschaltete. Dabei war ich mir gar nicht so sicher, ob ich wirklich fernsehen wollte. Es diente eher dazu, mich abzulenken und meine Gedanken in den Hintergrund zu drücken. Ich stellte mir keine Fragen, die mit meinen Gedanken zu tun hatten oder mit dem Abend. Etwas, was mich einfach so sein ließ, wie ich gerade war und mich nicht dazu bewegte, mich weiterzuentwickeln oder einen neuen Fokus zu setzen. Denn der war bereits auf den Fernseher gerichtet, auf dem ein Krimi lief.

Ein Mord war durch einen Unbekannten begangen worden, der am Ende enttarnt und verhaftet wird. Das Gute gegen das Böse und am Ende kommt das Happy End, das sich alle sehnlichst gewünscht hatten. Ich wünschte mir oft, dass es mal anders sein würde und dieses Klischee endlich in eine Kiste verbannt wurde, wo es dann bis in alle Zeiten verstauben konnte. Doch dieses Klischee verkaufte sich bis heute zu gut, also beließ man es einfach dabei, was ich schade fand. Wieder hatte ich eine Illusion entdeckt, die ich zerstören durfte. Langsam fand ich an der Sache gefallen und stand auf, um mir ein Blatt Papier und Stifte zu holen.

Akribisch notierte ich alles, was ich heute lernen durfte. Dass Erik genau so war wie andere, die er dafür verurteilte. Dass meine Mutter doch anders war, als ich es die ganze

Zeit dachte. Meine Liste wurde immer länger, sodass ich bald ein neues Blatt brauchte.

»Das ist vollkommener Wahnsinn«, freute ich mich lauthals, als ich die Menge überflog, und zog daraus ein Fazit: Wir waren ständig einer Illusion ausgesetzt und der Höhepunkt war, dass ich selbst auch auf der Liste stand. Niemals im Leben hätte ich mich in das Kleid gezwängt, doch ich tat es für meine Mutter, um ihr zu gefallen - nicht mir.

Ich forschte weiter, was ich eigentlich angezogen hätte, wenn es nicht darum gegangen wäre, anderen gefallen zu wollen, und schrieb auch das auf. Wer wäre ich, wenn mich die Meinung anderer absolut nicht interessieren würde und ich hundertprozentig zu mir stünde?

Mein Herz klopfte wie wild in meiner Brust, während ich alle Punkte notierte, die mich wirklich ausmachten. Was auch immer es mir sagen wollte, ich hatte es verstanden, denn es zeigte mir eine Tür in mir, die ich sonst vielleicht nie aufgestoßen hätte. Und die sich von selbst vielleicht nie geöffnet hätte.

Durch das ganze Schreiben konnte ich meine tatsächlichen Baustellen des Lebens sehen, die mich so oft Zeit und vor allem Nerven kosteten. Die dafür sorgten, dass ich zu emotional wurde oder nicht verstanden wurde. Denn es gab eine Art Fixstern in meinem Leben, der mich in diese Miseren hineinzog – und vielleicht auch zu Marsha geführt hatte. Ich taufte ihn als den Stern der Nachdenklichkeit. Er sorgte für meine unendlichen Gedankenschleifen, in denen ich mich verlor und meine Was-wäre-wenn-Szenarien bis ins kleinste Detail ausbaute, ohne dass es jemals so eintrat.

Gleich daneben gab es einen Stern, der mich etwas wohlgesonnener stimmte. Der Stern der Zukunft. So wollte ich ihn nennen, da alles andere – wo wir wieder beim ersten Fixstern sind – zu hochgegriffen war. Oder nicht? Durfte ich das Kind nicht einfach beim Namen nennen und es Transformation nennen? Doch das Wort war mit Dingen behaftet, die viele für Hokuspokus hielten. So blieb ich bei der Zukunft, es war geläufiger und geduldeter. Ich beugte mich sogar in meinen eigenen vier Wänden der Gesellschaft.

Der Stern zeigte mir, was ich mir wünschte, und welche Talente ich hatte, um das zu erreichen. Erfolg stand ganz oben auf der Liste, dicht gefolgt von Reichtum. Doch war eigentlich Reichtum? Ging es dabei wirklich um ein prall gefülltes Bankkonto oder gab es noch mehr Arten von Reichtum?

Kapitel 21

Nachdenklich strich ich meine Haare zurück und flocht mir einen Zopf. So konnten sie mich nicht mehr stören, wenn ich schrieb.

Ehe ich noch weitere Gedanken niederschreiben konnte, unterbrach mich das Klingeln meines Handys. Schnaufend und etwas erbost, dass mich jemand störte, ging ich in den Flur und kramte es aus der Manteltasche. Überrascht stellte ich fest, dass Erik mich per Videoanruf erreichen wollte.

Zögernd hielt ich das Handy in der Hand und überlegte, ob ich den Anruf annehmen sollte. Eigentlich war ich doch gerade mit mir beschäftigt. Eigentlich. Doch Erik rief nicht oft an, nur dann, wenn es etwas wirklich Wichtiges gab.

»Ich hoffe, es lohnt sich«, murmelte ich und drückte auf die grüne Taste auf dem Bildschirm.

Einen Augenblick später sah ich einen zerzausten besten Freund auf meinem Display, der an einem Weinglas nippte.

»Bist du gut heimgekommen?«, fragte ich höflich, doch der Hintergrund kam mir bekannt vor und meine Frage wurde überflüssig.

Das war sein Wohnzimmer. Die gestreifte Tapete an der Wand, die ihn vor einigen Jahren in die Verzweiflung getrieben hatte, war zu sehen. Eine Kommode war zu erahnen, wo feinsäuberlich kleine Topfpflanzen aufgereiht standen. Es war bewundernswert, dass sie noch lebten. Erik gab nämlich selbst zu, dass er keinen grünen Daumen hatte.

»Ich bin in einem Stück zu Hause angekommen, ja«, murmelte er benommen und wischte sich mit der freien Hand über das Gesicht.

Nochmals musterte ich ihn. Er sah mitgenommen aus. Und solche Antworten bekam ich sonst nie von ihm.

»Erik, kann ich dir irgendwie helfen?«, hakte ich nach, in der leisen Hoffnung, er würde mir eine präzise Antwort geben.

Statt zu antworten, starrte er in eine Ecke des Raumes, die mir verborgen blieb. Es spiegelte gerade das wider, was ich erlebte. Ich konnte nur einen Teil von ihm sehen.

»Du siehst aus wie Pocahontas«, feixte er dann, als er in die Kamera schaute.
Augenblicklich löste ich meinen Zopf und schüttelte meine Haare zurecht.

Minutenlang starrte er weiter und ich überlegte, ob er mit offenen Augen schlief, bis er die Stille durchbrach.

»Ich habe gerade so viele Gedanken und fühle mich verdammt allein.«

»Was ist denn los mit dir?«

»Wäre es für dich in Ordnung, wenn ich vorbeikomme?«, fragte Erik und sah mich mit kleinen, schläfrig wirkenden Augen an.

»Wie viel Wein hast du schon getrunken?«, wollte ich wissen.

Unter keinen Umständen konnte ich es verantworten, dass er sich volltrunken hinter das Lenkrad setzte. Erik winkte mir mit einer leeren Weinflasche in die Kamera und grinste dabei spitzbübisch. Sofort schüttelte ich den Kopf.

»Komm schon, du weißt, ich kann auch betrunken Auto fahren!«, protestierte er und ließ die Weinflasche wieder verschwinden.

»Ich bin aber nicht scharf darauf, dass ich dich von einem Baum oder einer Leitplanke kratzen darf. Von der Anzeige ganz zu schweigen. Du bleibst bitte zu Hause. Wir können ja auch so reden.«
Ob er wirklich auf mich hören würde? Oder nahm ich eine belehrende Rolle ein, die mir gar nicht zustand? Er war schließlich erwachsen und ich hatte nicht das Recht, ihm für sein eigenständiges Handeln zu strafen oder Vorschreibungen zu machen. Doch hier stand ich mitten im Fluss und wusste nicht, zu welchem Ufer ich sollte. Ermahnen oder handeln lassen? Welches Ufer war für mich vertretbar?

»Es fühlt sich in mir gerade so an, als wäre etwas gesprengt worden, und ich stehe vor dem riesigen Chaos, was sich nicht bändigen lassen will.« Erik rieb sich die Augen und schaute dann etwas benommen in die Kamera. Seine Stirn war in Falten gelegt und er zeigte mir etwas, was er mir nicht oft offenbarte: Sein zerbrechliches Ich, dass alles infrage stellte. Er nahm einen tiefen Atemzug und fuhr dann fort. »Das, was Cara gesagt hat, war es, da bin ich mir sicher.«

»Jetzt verstehe ich auch, wieso du so ruhig warst, als wir gegangen sind«, platzte es aus mir heraus.

Denn Erik hatte immer etwas zu sagen. Er hatte zu allem eine Meinung und vertrat diese auch. Heute sollte sich das wohl ändern. Oder änderte es sich nicht und hier verdrehten sich einfach nur die Rollen?

Kurz dachte ich nach. Marsha hatte mir Seiten in mir gezeigt, die schon lange nicht mehr beachtet wurden. Nun hatte Cara Erik genau das gleiche gezeigt. Gab es denn für jeden Menschen einen Lehrer und niemand wusste, dass sie es waren? Mir erschien die Lehrer-Schüler-Konstellation etwas fragwürdig.

Waren wir nicht alle Lehrer auf unsere eigene Art und Weise? Schließlich hatte ich Marsha auch Dinge zeigen dürfen, die sie immer wieder verdrängt oder weggeschoben hatte.

»Ich frage mich gerade, ob ich wirklich den Weg gehe, den ich gehen soll. Das ist doch verrückt, sowas kenne ich nicht von mir.« Erik riss mich aus meinen Gedanken und ich schaute wieder auf mein Display.

Mittlerweise saß ich wieder auf meinem Sofa und hatte das Handy an eine Vase gelehnt. »Vielleicht entdeckst du nur etwas in dir, was schon immer da war«, schob ich ein.

Erik hob eine Augenbraue. »Wie meinst du das?«, hakte er nach und beugte sich etwas vor. In einer Hand hielt er wieder das Weinglas, welches neu gefüllt war.

Ich haderte und suchte nach den richtigen Worten. Wie sollte ich etwas beschreiben, was man nur fühlen konnte?

»Also, ich glaube, dass wir mehr sind, als es auf den ersten Blick scheint. Wir haben so viel Potential in uns, von dem wir nur träumen, und nutzen nur einen kleinen Bruchteil davon. Und dann kommt wer in dein Leben, der dir sagt, dass da noch viel, viel mehr ist, und dir zeigt, wie du das alles aus dir herausholen kannst. Das hat Cara wohl bei dir gemacht. Sie hat den Finger auf den Punkt gelegt, wo du dachtest, dass da nichts mehr geht, und dir dabei die Augen geöffnet, dass du eigentlich auf einem riesigen Feld stehst, das nur darauf wartet, von dir bestellt zu werden.«

Damit hatte ich geschafft, was ich nie für möglich gehalten hatte: All das, was ich fühlte, in Worte zu packen. Eingepackt wie ein Geschenk, welches ich nun Erik überreichen durfte, während er mich mit staunenden Augen anschaute und offenbar nicht so recht wusste, wie er sich verhalten sollte.

Ein bisschen sah er aus, als wäre er von meinen Worten erschlagen worden, jedoch nicht so, wie er es vielleicht im ersten Moment dachte. Sie öffneten die Schleife des Geschenks und legten den Blick auf den Kern frei, der einen unentdeckten Raum in ihm zeigte, wo es keinerlei Grenzen gab. Und meine Worte haben auch etwas mit mir gemacht.

Meine Brust schwoll stolz an und ich konnte in der kleinen Abbildung von mir im Display erkennen, wie sehr meine Augen leuchteten. *Wie kleine Sterne,* dachte ich mir und grinste ins Display.

»Ich weiß nicht, was es da zu grinsen gibt«, kam es von Erik, der ebenfalls anfing zu grinsen und mit dem Finger auf mich deutete.

Er hatte seinen Humor wiedergefunden, was mich erleichterte. Obwohl es mir auch gefiel, wenn er so tiefgründig und sich selbst hinterfragend war. Dann kam ich mir nicht so allein vor und konnte auf diese Weise mit meinem besten Freund zu zweit allein sein. Jeder in seine Gedanken gehüllt und doch waren wir füreinander da.

Oder baute ich eine Illusion auf und das war gar nicht Erik, sondern nur ein Bild von ihm, was ich gerne hätte? Langsam verwirrte mich das alles immer mehr und ich versuchte, einen klaren Gedanken zu fassen. Wer war Erik jetzt und wer war er vorher gewesen?

Was davon war eine Illusion und was die kristallklare Realität? Und wer war ich?

»Also sind wir alle Gärtner, wenn ich über deine Theorie nachdenke.« Erik tippte mit dem Zeigefinger an seine Lippen, die sich etwas kräuselten. »Stimmt, es heißt ja, dass man erntet, was man sät.«

Wieder traf er den Nagel auf den Kopf. Prompt fiel mir mein Vater ein. Vielleicht war ich einfach mit den falschen Gedanken zu dem Treffen gegangen und das war der Grund, weshalb es so eskaliert war? Wäre es anders gekommen, wenn ich eine andere Einstellung zu ihm und dem Treffen gehabt hätte? Es war ja auch so, dass, wenn wir fest an das Gute glaubten, auch etwas Gutes geschah.

»Eigentlich heißt es, dass wir den Fokus auf das richten sollten, was kommen soll. Ich meine, wir können eine ganze Liste an Dingen erstellen, die wir nicht wollen. Wenn es aber darum geht, dass wir das aufschreiben sollen, was wir wirklich wollen, dann fangen wir an zu hadern. Wir trauen uns dann so oft nicht, groß zu denken. Oder anders gesagt: Wir trauen uns nicht, die neue Saat auszubringen und etwas zu wagen«, murmelte ich gedankenverloren.

Das war auch der Grund, wieso ich mich nicht traute, Marsha anzusprechen.

Denn die Angst, abgelehnt zu werden, war größer und somit wagte ich es gar nicht erst. Weil mein Verstand mir so viele unsichere Gedanken fabrizierte, die mich zögern ließen.

Mein Blick huschte zu Erik. »Hast du dich mit Absicht vor mich gestellt?«

Erik schaute mich fragend an und legte den Kopf schief.

Ich versuchte, mich präziser auszudrücken. »Als Cara anfing, die Gäste zu begrüßen und Marsha vorzustellen: Hast du dich da mit Absicht vor mich gestellt?«

»Ja, weil ich es nicht ertragen konnte, wie du gelitten hast. Du hast sie angeschaut, als würdest du jeden Moment in Tränen zerfließen. Es schauderte mich, eure Verbindung zu sehen, die ihr hattet, nur, dass zwischen dieser Verbindung ein Eismeer lag und niemand von euch beiden traute sich, den ersten Schritt zu machen. Ihr wart wie … Salzsäulen.«

Es überraschte mich nicht, dass Erik mir so eine Antwort gab, denn ich hatte mir in dem Moment tatsächlich gewünscht, dass mir etwas – oder jemand - den Schmerz des unverhofften Wiedersehens nahm. War es möglich, dass unsere unbewussten Wünsche irgendwo landeten und dann erfüllt wurden, obwohl wir es nicht wollten? Das wäre ja so, als würden wir auf diesem Feld Unkraut aussäen und uns darüber wundern.

»Ich hatte es mir gewünscht«, murmelte ich betroffen.

»Das kann nicht sein«, stieß Erik hervor und sah mich ratlos an.

»Doch. Ich habe es mir gewünscht. Und dann stellst du dich so hin, dass ich sie nicht mehr sehen konnte.«

»Das verstehe ich jetzt nicht so ganz«, sagte Erik und verschränkte die Arme vor der Brust.

Ich schmunzelte. Das zu erklären, war vielleicht nicht leicht, doch ich wollte es versuchen.

»Überleg doch mal: Menschen, die ständig negativ denken und sich über alles Mögliche aufregen, landen immer wieder in negativen

Situationen. Ich habe mir gewünscht, dass ich Marsha nicht mehr ansehen muss und, zack, du stellst dich dazwischen. Wünsche können also erhört werden.«

Erik lehnte sich etwas zurück, doch dieses Mal wusste ich, dass er nicht zum Gegenangriff ausholte. Ich nutzte meine Chance.

»Das ist wie mit Religion. Wenn du an etwas glaubst, dann bist du darin oft sehr verwurzelt und deine Wünsche werden früher oder später erhört. Wir können es Gott nennen oder das Leben oder Allah oder wie auch immer. Tatsache ist – laut meiner Sicht – dass es irgendwo ankommt. Als würde es in Resonanz mit einem gehen.«

Wow, ich hatte mich nochmals selbst übertroffen und war begeistert, was für eine innere Erkenntnis das doch war.

Selbst Erik nickte langsam, als hätte er nun verstanden, was ich meinte. »Wie es im Wald hineinschallt…«

»…schallt es auch wieder heraus. Ganz genau.«

»Aber warum handeln dann nicht alle Menschen nach dem Prinzip?« Erik hatte

136

wieder den Kopf schiefgelegt und grinste nun auch, als wüsste er, dass ich eine Antwort parat haben würde.

Ich kratzte mich am Hinterkopf. Wenn es so einfach ist, dann war es wirklich nicht klar, warum nicht alle Menschen so handelten.

»Ich glaube, dass da noch etwas anderes im Weg steht. Der Verstand. Wir denken einfach zu viel und handeln zu wenig aus dem Bauch heraus. Während Tiere sich auf ihre Instinkte verlassen, verlassen wir uns auf unseren Verstand. Da soll nochmal jemand sagen, wir wären eine höher entwickelte Spezies.«

Erik lachte und ich stimmte ein. Es war ein sarkastisches Lachen, das ich so sehr an ihn mochte und was mir in der letzten Zeit gefehlt hatte.

»Ich fühle mich gerade sehr ertappt. Und sehr betrunken«, gab er leise zu und zupfte sich an seiner geröteten Nase.

»Vielleicht hilft dir ja etwas frische Luft«, schlug ich vor und erhob mich vom Sofa. Da war wieder das Gefühl wie vor zwei Monaten, das mich zum Strand gebracht hatte und mich nun wohl wieder lenkte. Eine höhere Macht oder etwas, was der Verstand nicht greifen konnte. »Ich fahre jetzt zu dir, nach einem Glas Sekt kann ich noch fahren.«

Ich ging in den Flur. Erik schaute mich wie vom Donner gerührt an, die leicht glasigen Augen weit aufgerissen.

»Schau nicht so. Dich lasse ich nicht mehr fahren, also komme ich zu dir. Das machen Freunde so.« Ehe er noch etwas sagen konnte, winkte ich in die Kamera und beendete den Videoanruf.

Ich hatte keine Ahnung, warum ich das tat, doch ich glaubte daran, dass es etwas zu bedeuten hatte. Ich, ein Teil dieser angeblich höher entwickelten Spezies und kleines Wunder der Evolution, entschied aus dem Bauch heraus und war darauf auch noch besonders stolz.

Kapitel 22

Nach fünfzehn Minuten war ich bei Erik angekommen und fragte mich, wieso wir uns so selten sahen, obwohl die Distanz so kurz war. Nahmen wir uns nicht die Zeit füreinander oder grätschte der innere Schweinehund immer wieder dazwischen? Waren wir faul oder zu beschäftigt? Wie konnte man es bei vierundzwanzig Stunden pro Tag nicht schaffen, eine kurze Nachricht oder einen Anruf an seine Lieben zu tätigen? Waren sie so wenig wert oder gaben wir anderen Dingen einfach mehr Wert als ihnen?

Ich kam noch nicht einmal dazu zu klingeln, als die Tür des Häuserblocks schon surrte und ich in das Treppenhaus hineintrat. Erik wohnte im obersten Stockwerk und ich fragte mich zum wiederholten Male, warum es keinen Fahrstuhl gab. Schnaufend kam ich wenig später oben an und nahm mir vor, mich zukünftig körperlich mehr zu betätigen. Meine Kondition war kaum erwähnenswert. Erik wartete bereits an der Tür und grinste mir spitzbübisch entgegen. Es wunderte mich nicht einmal, dass er nur in Unterhose und T-Shirt vor mir stand. Man konnte kaum glauben, dass der Mann im Anzug und der Mann vor mir dieselbe Person war.

»Du schnaufst wie ein Walross«, witzelte er und ging etwas beiseite, damit ich in die Wohnung hineingehen konnte. Ich schubste ihn grinsend und legte meine Jacke ab. Natürlich musste er mich aufziehen. Das war Erik und er war ein Lausbube.

»Regnet es nicht mehr?«, erkundigte er sich, während ich meine Schuhe auszog und mir einen tiefen Atemzug gönnte.

»Es hat, dem Himmel sei Dank, aufgehört«, antwortete ich und folgte ihm dann ins Wohnzimmer. Eine wohlige Wärme durchströmte den Raum.

Er hatte Geschmack und wusste, wie man mit wenig Mobiliar eine angenehme Atmosphäre schaffen konnte. Es war bewundernswert, wie ein Ledersofa, zusammen mit einer Essgruppe und ein paar Kommoden und Regalen ein Wohlfühlambiente schufen. Die warmen Farben an der Wand mit Landschaftsbildern, die er selbst fotografiert hatte, rundeten die Ruheoase ab. Ein Hauch von Neid stieg in mir auf, dass ich meine Wohnung nicht so gut herrichten konnte, und ich ertappte mich dabei, dass ich in alte Denkmuster verfiel, obwohl ich vor ein paar Minuten noch mit meinem besten Freund genau darüber geredet hatte. Wir konzentrierten uns immer nur auf den Mangel, nur auf das, was wir nicht hatten.

»Komm, ich habe es uns auf dem Balkon gemütlich gemacht.« Erik feixte und öffnete die Balkontür. Als ich an ihm vorbeiging und auf den verglasten Balkon trat, stieg mir der Duft von Alkohol in die Nase. Ich hatte keine Ahnung, wie viel er schon getrunken hatte, doch die Antwort stand auf dem Rattantisch: zwei Flaschen, umkreist von einigen Teelichtern. Auf dem passenden Sofa waren zwei Decken bereitgelegt. Ich nahm mir eine, als ich mich setzte.

»Möchtest du auch einen Wein?«, fragte Erik höflich. Er strengte sich offensichtlich an, nicht zu nuscheln, so überdeutlich, wie er die Worte formulierte.

»Danke, ich möchte nichts«, lehnte ich ab und breitete die Decke über meinem Schoß aus. Etwas Durst hatte ich schon, doch ich wollte keine Umstände machen. *Das ist doch total bescheuert,* ermahnte ich mich selbst.

»Hast du vielleicht eine Cola da?«, schob ich hinterher.

»Natürlich, wie soll ich sonst meinen Havana trinken?« Erik zwinkerte mir zu und verschwand wieder in die Wohnung.
Währenddessen starrte ich in das Kerzenlicht und fragte mich, warum ich oft das Gefühl hatte, dass ich Umstände bereiten würde. Da ich nun schon etwas Übung darin hatte, war die Wurzel schnell gefunden: meine Kindheit.

Es gab Zeiten, in denen ich mir oft fehl am Platz vorgekommen war und sehr ungewollt. Deshalb hatte ich mich immer weiter zurückzogen und für mich selbst gesorgt, da es anderen wohl zu viel war. Dabei war es vielleicht nur die Überforderung des anderen, die mir dieses Gefühl gab. Beispielsweise mein Vater, dem alles zu viel war, wenn es darum ging, mich zu unterstützen. Dabei war ich für seine Überforderung gar nicht verantwortlich. Die existierte nur in seinen Kopf. Andersherum gab ich mir selbst das Gefühl, zu viel von ihm zu verlangen. So projizierte ich dieses Muster auf unzählige Situationen in meinem Leben und zerbrach mir im Vorhinein den Kopf, ob ich damit nicht unnötige Umstände machte.

»Glaubst du, dass andere einem die eigenen Gedanken aufladen können?«, fragte ich Erik, der mir ein Glas und die Colaflasche reichte.

Erik nahm die Decke und setzte sich ächzend neben mich. »Was denkst du, wie Verschwörungstheorien entstehen? Man nimmt eine These, also einen Gedanken, und verbreitet diesen. Menschen, die sowas nicht hinterfragen und es für bare Münze nehmen, glauben das. Also würde ich meinen Ja. Das geht.«

Es war erstaunlich, wie klar er war und mich an seinen Gedanken teilhaben ließ. Ob der Alkohol seine Wirkung zeigte? Oder war es doch Cara? Ich konnte nur mutmaßen. Sollte ich mich genauso öffnen und die Frage laut aussprechen, die mir bereits auf der Zunge lag? Was war schon dabei?

»Es ist schön, mit dir so ehrlich reden zu können. Hat Cara damit etwas zu tun?«, flüsterte ich.

Erik nahm sein Weinglas und stieß mit meinem an. »Auf den wohl skurrilsten Abend, den wir jemals gemeinsam hatten.«

»Auf den wohl erkenntnisreichsten Abend, den wir jemals gemeinsam hatten«, verbesserte ich ihn grinsend. Denn unsere Gedanken waren nicht skurril. *Wir* waren nicht skurril. Wir waren einfach nur bereit, neu zu denken. Wir durften unsere Freundschaft auf ein neues Level heben und uns neu entdecken und kennenlernen. Ich spürte eine so tiefe Dankbarkeit, dass ich den Wunsch hatte zu weinen. Tränen zu vergießen, die die alten Bilder eines mir so wichtigen Menschen aus mir hinausspülten.

Doch die Hemmung, vor anderen Menschen zu weinen, war noch immer zu groß.

Erik legte den Arm um mich und drückte mich an sich. »Ich bin dir noch eine Entschuldigung schuldig. Es tut mir leid, dass ich heute Morgen so harsch zu dir war. Ich glaube, ich bin einfach mit dem falschen Bein aufgestanden und war deshalb so.«

Schuld. Gab es sowas überhaupt? Waren wir irgendwem etwas schuldig?

Erik rutschte etwas hin und her.

»Du bist mir nichts schuldig, aber deine Entschuldigung möchte ich trotzdem annehmen.«

Er drückte mich an sich und gab mir einen Kuss auf die Haare. Der Duft von Alkohol nebelte mich ein und ich wünschte mir, dass Erik einfach mit mir eine Cola trank. Oder Wasser. Die Alkoholausdünstungen waren nur schwer zu ertragen und sein Atem machte es nicht besser.

»Du stinkst.«

»Danke, dass du immer so nette Sachen zu mir sagst«, gab er brummend zurück und lockerte seine Umarmung etwas, um mir in die Augen zu sehen.

»Ich weiß, dass ich eine Fahne habe, aber darauf brauchst du mich nicht stupsen. Eine heiße Dusche regelt das ganze wieder.«

»Wo wir gerade beim Stupsen sind«, warf ich ein und steckte die Colaflasche zwischen meine Beine. Ich richtete mich auf und suchte Eriks Blick.

»Warum warst du auf der Vernissage?«

Erik kratzte sich am Kinn und starrte dann eine Weile in sein halbleeres Weinglas. Auf seiner Stirn zeichneten sich Falten ab, die Augen waren leicht zusammengekniffen und ich fragte mich, was an der Antwort so lange dauern konnte.

»Liegt das nicht auf der Hand?«, entgegnete er dann. Sein Blick huschte kurz zu mir und dann wieder auf das Trinkgefäß in seiner Hand.

»Nein, sonst würde ich dich ja nicht fragen. Also?«, bohrte ich nach.

»Dir sind aber die Bilder an den Wänden meines Wohnzimmers schon aufgefallen, oder? Ich wollte neue Inspiration.«

»Neue Inspiration?«, fragte ich, denn abkaufen konnte ich ihm das nicht. Da war doch mehr, als die Oberfläche zeigen wollte. Oder war ich zu energisch und verbissen?

Erik seufzte. »Ja, neue Inspiration, denn neben dem Arbeiten habe ich ja auch noch Hobbys. Und Fotografieren ist meine Leidenschaft. Momente einzufangen und mit der Kamera festzuhalten. Das ist voll mein Ding. Das ist meine Entspannung am Wochenende oder nach getaner Arbeit. Ab und zu gehe ich zu einer Ausstellung und heute führte es mich zu dieser. Ich hatte ja keine Ahnung, was ich dort erleben durfte und welche Auswirkungen es auf mich haben könnte.« Auf Eriks Lippen zeichnete sich ein Lächeln ab. Ein kindliches Lächeln, das mir zeigte, er sagte die Wahrheit.

»Okay«, sagte ich nur und ließ mein Finger um den Flaschenhals meiner Cola wandern.

Für einen kurzen Moment hatte ich geglaubt, er kannte Marsha oder hatte schon einmal von ihr gehört. Ich hätte es mir auch denken können. So gut sollte ich ihn doch eigentlich kennen. Jetzt saßen wir da, jeder schaute in sein Getränk, und hüllten uns in Schweigen, welches den letzten Gedanken für diese besondere Frau ersticken wollte.

Mit der Zeit hatte ich begriffen, dass es wohl eine höhere Fügung gab. Und diese Fügung galt augenscheinlich für alle Menschen. Menschen, die etwas Neues brauchten oder sich danach sehnten. Menschen, deren Lebensstil nicht mehr zu ihrem eigentlichen Sein passte, und so zum Umkehren bewegt werden sollten. So wie es bei mir war.

»Du hast dich verändert, Leyla. Positiv verändert, auch, wenn ich es im ersten Moment nicht sehen konnte oder wollte.«

Für einen Moment hatte ich überlegt zu gehen. Da fühlte sich etwas unbequem an, was meinen Fluchtinstinkt weckte. Doch eigentlich wollte ich nicht gehen. Ich wollte hier sein, bei Erik, meinem besten Freund, der so ungeheuerlich nach Alkohol stank und mit mir über das Leben philosophierte. Den ich neu kennenlernen durfte und der mir etwas Wertvolles zeigte: sein wahres Ich. Er war nicht der Aufreißer, den alle anderen in ihm sahen. Er war auf der Suche nach etwas, was er irgendwo auf seinem Lebensweg verloren hatte. Voller Stolz durfte ich von mir sagen, dass ich ihn nun dabei unterstützen durfte.

»Bist du überhaupt der Beziehungsmensch?«, platzte es aus mir heraus.

Lauthals lachte Erik los. »Schöner Themenwechsel«, merkte er grinsend an und räusperte sich. »Ich habe keine Ahnung, die letzten Jahre lief es halt nicht so. Es ließ sich einfach keine passende Frau finden.« Er zwinkerte mir zu.

Ich verdrehte die Augen. Nicht schon wieder.

»Bleiben wir bitte beim Thema.«, ermahnte ich ihn.

Schlagartig wurde Eriks Gesichtsausdruck ernster und wieder legte er die Stirn in Falten. Offenbar hatte ich ihm mit einem so kurzen, aber prägnanten Satz sprichwörtlich den Wind aus den alten Segeln genommen, die auf seinem Lebensschiff langsam, aber stetig ausgedient hatten.

»Ich habe mich mit der Frage nie beschäftigt«, kam es von ihm so leise, dass ich genau hinhörte musste. Redete er mit sich selbst oder sprach er mit mir?

»Ob ich überhaupt ein Beziehungsmensch bin … hm … Ehrlich gesagt, war ich bisher der Typ Mann, der nur das kurze Abenteuer suchte. Beziehungen hielten nicht einmal drei Monate, wenn ich mich recht erinnere.«

»Ich wusste nicht einmal, dass du eine Beziehung hattest.«

»Kaum der Rede wert«, winkte Erik ab und stellte sein Weinglas auf den Tisch und verschwand ins Wohnzimmer.

Sollte ich hinterhergehen? Hatte ich da einen wunden Punkt getroffen, der den schönen Abend nun ruiniert hatte?
Es beruhigte mich ungemein, als er wenige Augenblicke später mit einer Karaffe Wasser heraustrat und sich wieder zu mir setzte.

»Dir wird nicht gefallen, was ich dir jetzt sagen werde«, kündigte er an und schenkte sich mit angehobenen Augenbrauen Wasser ins Weinglas ein.

Gespannt und nervös zugleich, rutschte ich auf meinem Platz hin und her und umklammerte meine Colaflasche.

Erik setzte sich nun etwas weiter von mir weg und sah mich mit klarem Blick an. Sein Rausch schien langsam zu verfliegen.

»Ich bin richtig eifersüchtig auf Marsha oder insgesamt jeder Frau, die dir nah sein darf. Es ist ein Verlust, dass du auf Frauen stehst.«

»Bitte was?«, rollte es über meine Lippen, noch bevor ich die Aussage überhaupt richtig verstanden hatte.

Der will sich nur an dich ranmachen!, pochte mein Verstand. *Er offenbart sich dir und das sollte man zu schätzen wissen*, kam es aus einer anderen Ecke meines Körpers.

Ich fühlte mich wie gelähmt. Natürlich war es mir eine Ehre, dass Erik so ehrlich mit mir war, andererseits hatte es auch etwas Hinderliches an sich. Und ich wusste nicht, was ich tun, geschweige denn, sagen sollte.

»Versteh mich nicht falsch, du bist mir sehr wichtig. Wir kennen uns seit Kindheitstagen und du bist sowas wie eine kleine Schwester für mich geworden. Das soll jetzt kein Flirtversuch werden. Ich mache mir einfach nur Sorgen um dich und ich konnte auch sehen, dass es dir …«

Erik gestikulierte herum, als suche er nach den richtigen Worten.

»Es ging mir nicht gut, das weiß ich«, kam ich ihm zu Hilfe. »Aber es ist kein Grund dafür, dass du dir wegen sowas den Kopf zerbrechen musst oder mich wie ein Wachhund beschützt.«

Erik schüttelte den Kopf. »Ich habe einfach das Gefühl, dass du dich veränderst und wir uns dann verlieren.« Er wischte sich über das Gesicht und nahm dann einen Schluck aus dem Glas.

»Aber… Du kannst mich gar nicht verlieren, weil ich dir ja nicht gehöre. Ich bin ja frei, was nicht heißen soll, dass ich dich aus meinem Leben verbanne.«

Hatte ich mich wirklich so sehr verändert, dass mein bester Freund Angst hatte, ich würde unsere Freundschaft beenden?

Erik erklärte mir, warum er so dachte. Wir waren seit dem Kindergarten befreundet und kannten uns verdammt gut. Nach mehrmaligen Versuchen konnte ich ihm begreiflich machen, dass das nicht meine Absicht war und mir viel an unserer Freundschaft lag.

»Die Ereignisse haben sich ziemlich überschlagen. Die Selbstständigkeit, für die ich mich so ins Zeug lege und jetzt erst richtig Fahrt aufnahm. Dann diese Begegnung.«

Ich schluckte. Mir wollte ihr Name nicht über die Lippen kommen. Vielleicht fiel es mir so etwas leichter, sie loszulassen. Es würde sich wohl erst mit der Zeit zeigen, ob es mir half. Dafür musste ich nur geduldig sein und mich auf das konzentrieren, was jetzt wirklich wichtig war.

»Ich verstehe dich, doch bitte vergiss nicht, dass du mich immer anrufen kannst, wenn dir etwas auf der Seele brennt.« Erik sah mich an und ich staunte. Zeigte sich dort eine gefühlvolle Seite ab? Und war das eine Träne in seinem Augenwinkel?
Dann brachen bei Erik alle Dämme. Aus einer Träne wurde eine ganze Flut an Tränen, die über seine Wangen rannen. Ich konnte mir

nicht erklären, warum er weinte, und beschloss, einfach seine Hand zu nehmen. Was wohl gerade in ihm vorging? Es war egal. Wenn er es mir offenbaren wollte, dann konnte ich die Geduld aufbringen, darauf zu warten.

Es war ein ungewohntes Bild von ihm; einen Mann, den eigentlich nichts umhauen konnte. Eigentlich. Denn irgendwo in diesem erwachsenen Körper steckte wohl ein kleines Kind, das jetzt hinauswollte. Das gesehen werden wollte.

»Ich bin gerade so dankbar, dass du da bist«, schluchzte er in die Stille.

Er hob den Blick und ein Mundwinkel deutete ein Lächeln an. Dass er mich überhaupt durch seine verquollenen Augen sehen konnte, war ein kleines Wunder.

Ich lächelte ihn an und streichelte seinen Handrücken, um ihm so Mut zuzusprechen. Worte waren gerade überflüssig und konnten ohnehin nicht greifen, was ich ausdrücken wollte.

»Ich habe keine Ahnung, warum ich gerade heule«, raunte er dann und wischte sich mit der freien Hand die Tränen von den Wangen. Schniefend saß er dort und ließ seinen Gefühlen freien Lauf.

»Es muss ja nicht immer einen Grund haben. Manchmal ist das echt befreiend und alle angestauten Gefühle kommen auf einmal heraus«, versuchte ich, ihn aufzumuntern.

»Das wird es sein. Mir ist es einfach wichtig, dass wir uns haben und wir offen miteinander reden können. Ohne, dass jemand etwas zurückhalten muss. Ich finde, sowas zeichnet eine Freundschaft aus.«

»Ach, Erik«, seufzte ich und streichelte seine Wange.

Er schloss die Augen und presste so auch die letzte Träne aus sich heraus.

Meinen besten Freund so zart zu erleben, war neu, und ich fing sofort an, diese Seite an ihm schön zu finden. Der schöne, verletzliche Erik, so wie er neben mir saß und immer wieder schniefte.

»Ich bin eine Memme«, murmelte er dann und strich sich durch die Haare.

»Bist du nicht.«

»Doch. Ich heule, also bin ich eine Memme«, protestierte er weiter.

»Erik, weinen ist eine Stärke. Sich so zu zeigen, ist stark, das macht Menschen authentisch.«

»Warum weinen dann so wenige Männer?«, entgegnete er.

Kurz überlegte ich, bevor ich ihm antworten konnte. »Das wird wohl daran liegen, dass ihnen beigebracht wird, dass Jungen nie weinen dürfen. Dann ist man ja nicht stark und sowas schleppt man das ganze Leben lang mit sich mit. Eigentlich totaler Quatsch, oder?«
Erik schwieg. Ich hatte alles gesagt und konnte jetzt nicht mehr tun, als bei ihm sein und ihm die Hand streicheln. Mehr brauchte er wohl gerade nicht. Schlaue Ratschläge hätten ihn vielleicht sogar noch tiefer in das Kind in ihm gezogen.

Nach einer halben Stunde hatte er sich wieder gefangen. Meine Beine waren darüber mehr als dankbar, denn trotz der Decke wurde mir doch kalt. Meine Zehen konnte ich kaum noch spüren. Jetzt, wo wir im Flur standen und ich mich anzog, nahm ich es erst richtig wahr.

Erik schaute mir zu und gab keinen Laut von sich. Ich wollte ihn nicht fragen, was in ihm losgebrochen war.

Er legte die Hand auf die Türklinke und öffnete mir die Tür, als ich meine Jacke anzog. Zum Abschied drückte ich ihn nochmal, vielleicht konnte ich ihm so zeigen, dass ich immer für ihn da war.

»Ruf mich bitte die Tage an, ja?«, bat ich ihn noch leise, als ich im Treppenhaus stand.

Alles, was er antwortete, war ein Nicken. Er schloss die Tür und ich machte mich auf den Weg zu meinem Auto.

Der Regen hatte wieder eingesetzt. Leise fluchend kramte ich meine Autoschlüssel aus der Tasche. War es nicht schon genug Regen gewesen? Ich kürzte den Weg über die Wiese ab. Meine Schuhe gaben auf dem durchnässten Rasen schmatzende Geräusche von sich. Vielleicht war es nicht die beste Idee, den kürzesten Weg zu nehmen. Als ich über einen heruntergestutzten Busch steigen wollte, schreckte ich zusammen. Ein verzweifeltes Miauen kam von dort. Erst wollte ich einfach meinen Weg fortsetzen, doch ich konnte es nicht mit meinem Gewissen vereinbaren. Also hockte ich mich hin und suchte nach der Quelle.

»Oh weh«, seufzte ich, als mich ein dreifarbiges Katzenjunges anfauchte und gleich darauf herzzerreißend miaute, hin und her gerissen zwischen Eigenständigkeit und der Suche nach einem trockenen Ort zum Verkriechen. »Du bist ja völlig durchnässt.«

Ich sah dabei zu, wie ihr ein Tropfen über die Nase ronn. Sie schüttelte sich, um die Nässe loszuwerden, und bibberte fürchterlich. Ob sie jemandem gehörte? Ich blickte mich suchend um, doch es war keine Menschenseele zu sehen.

Vorsichtig streckte ich ihr meine Hand entgegen. Zögernd streckte es die Pfote entgegen, doch dieses Mal ohne Drohgebärden.

»Ich will dir nichts tun. Aber im Regen werde ich dich nicht lassen«, gab ich dem Kätzchen zu verstehen.

Behutsam streichelte ich sie und wollte so ihr Vertrauen gewinnen. Zu meiner eigenen Überraschung klappte es besser als gedacht.

Sanft umfasste ich ihren schmalen Körper und hob sie aus dem Busch heraus. Ich wickelte sie in meine Jacke und stolperte zu meinem Auto.

Ächzend ließ ich mich in den Sitz fallen und schaute auf das Katzenbaby hinab. Es machte keine Anstalten, mich zu kratzen oder gar zu beißen. Ich konnte in Gedanken regelrecht meine Mutter schimpfen hören, dass ich eine wilde Katze in meiner Jacke trug.

Du kannst ja nie wissen, was sie alles hat.

Doch das war nicht wichtig. Ich brachte es nicht über das Herz, eine kleine Seele ihrem Schicksal zu überlassen.

Nachdem ich das Kätzchen in meinen Schal eingewickelt hatte, startete ich den Motor und drehte die Heizung auf. Auch wenn der Herbst alles in wunderschöne Farben tauchte, die Kälte war nicht meins. Ich sehnte mich jetzt schon wieder in den Sommer zurück.

Zwischendurch huschte mein Blick zu dem Kätzchen hinüber, das auf meinen Beifahrersitz lag.

»Du bist ein schöner Abschluss nach diesem turbulenten Tag. Aber ich habe noch gar keine Ahnung, was ich jetzt mit dir machen soll.«

Mein Blick wanderte auf die Mittelkonsole und entlockte mir ein leises Fluchen. Es war fast fünf Uhr und ich fragte mich, wie die Zeit nur so schnell vergehen konnte. Ich vermutete, dass es daran lag, dass ich sie mit den richtigen Menschen verbracht hatte und nicht gemerkt hatte, wie sie förmlich vorbeiflog. Langsam verstand ich, warum sich das Treffen mit meinem Vater so zäh anfühlte – auch wenn es nicht einmal dreißig Minuten gedauert hatte: Er war nicht der Mensch, mit dem ich meine Lebenszeit verbringen wollte.

Das Schöne am Regen war, dass kaum Verkehr auf den Straßen herrschte. Und dadurch, dass es auch in aller Frühe war, war noch weniger los. Die Straße gehörte regelrecht mir. Ich war froh darum, denn dem Kätzchen gefiel es wohl nicht in meinem Schal und es hatte Spaß daran gefunden, mein Auto zu erkunden. Und meine Sitze als Kratzbaumersatz zu missbrauchen.

»Hey!«, rief ich lauthals, als ich es aus dem Augenwinkel bemerkte. Ohne die Fahrbahn aus den Augen zu lassen, griff ich nach ihr und setzte sie auf meinen Schoß. So konnte sie nur mich als Nadelkissen benutzen und es war auch nicht mehr weit, bis ich endlich zu Hause ankam. Sollte ich sie behalten oder doch eher ins Tierheim geben und hoffen, dass es bald ein Zuhause finden würde? Jeder wusste, dass die Tierheime voll waren. Es war ein tragischer Dauerzustand, deshalb empfand ich das nicht als die richtige Lösung.

»Eigentlich wäre es auch schön, wenn ich etwas Gesellschaft daheim hätte«, murmelte ich gegen das Trommeln des Regens an und legte den Rückwärtsgang ein.

Gähnend fädelte ich mein Auto in die Parklücke und schaltete den Motor aus. Ich war reif für eine große Portion Schlaf.

»Jetzt geht's ins Warme«, sagte ich zu der Jungkatze und setzte sie in meine Jacke. Der kleine Kopf lugte heraus und gab ein Miauen von sich.

Mit einem Knopfdruck verriegelte ich das Auto und lief zum Blockeingang.

Abrupt blieb ich stehen. Mein Körper wurde stocksteif und ein Beben in meiner Brust erfasste mich wie eine gigantische Welle. Das war ein Traum. Ich musste schlafen! Kein Muskel wollte seine Anspannung lösen und so musste ich sekundenlang wie versteinert dort gestanden haben.

»Ich muss mit dir reden, doch zuerst versorgen wir das Kätzchen«, sagte Marsha.

Danksagung

Chakra Blue – Zwischen Schatten und Licht wäre nie in der Form entstanden, wie sie jetzt ist, wenn nicht so viele Menschen im Hintergrund mitgewirkt hätten.

Ein großer Dank geht an den lieben Renee von DreamDesign, der mit Liebe und dem gewissen Blick für das Detail ein Cover erstellt hat, dass die Geschichte von Leyla kurz auf den Punkt bringt. Du überrascht mich immer wieder, wie du mit wenigen Stichpunkten genau den Punkt triffst.

Mein zweiter großer Dank geht an Sandra Florean, die mir half, die Geschichte noch ein Stück tiefer werden ließ. Ich danke dir für deine Geduld und deinen Humor. Du bist eine große Bereicherung.

Nicht zu vergessen sind die Testleser, die unterschiedlicher nicht sein können, ich bin ihnen für ihr ehrliches und offenes Feedback dankbar.Um nur einige zu nennen: Iris, Colours of Books, Barbaras Welt, Renas Bücherleidenschaft und noch so viele mehr... Danke für euer Sein und eure Unterstützung.

Den größten Dank gilt meiner Frau. Was wäre Chakra Blue ohne deine ehrliche und offene Kritik? Ich danke dir aus tiefstem Herzen.

LRO

Über die Autorin

LisaRadtke-Oberwandling wurde 1990 an
der Ostseeküste geboren und lebt mit ihrer
Frau in Österreich. Das Schreiben begleitete
sie bereits durch die Kindheit, es sollte aber
einige Zeit in Anspruch nehmen, bis sie
wieder zu Papier und Stift griff. Inspiriert
durch ihren persönlichen Fortschritt in der
Persönlichkeitsentwicklung entschloss sie
sich, die Theorie greifbarer zu machen und es
in Romane spielerisch einzubauen. Liebevoll
provokant,mit einer kleinen Prise Humor,
möchte sie den Leser dazu anregen, sich
selbst zu hinterfragen.

Lisa Radtke-Oberwandling feierte 2017 ihr
Autorendebüt mit »Das Meer mit dir«, 2018
folgte die Fortsetzung »Mitten ins Herz und
unter die Haut«, welche sie unter ihrem

Geburtsnamen im Herzsprung-Verlag veröffentlichte.

2020 erschien der erste Band der »Chakra Blue«-Reihe mit der Mission, Menschen zu berühren, zum Nachdenken anzuregen und liebevoll provokant den Spiegel vorzuhalten.

Mehr Infos gibt es auf Facebook unter »Lisa Radtke – Autorin« oder auf Instagram »LROAutorin«